Chinese Poetry

2022

·

2

Chinese

Poetry

风吹在我们身上是有形状的

主编 张执浩

长江出版传媒 | 长江文艺出版社

2022

·

2

目录

开卷诗人

诗选本

你写我读

诗歌地理

杨碧薇专栏

草树专栏

名誉主编　邓一光

主　　编　张执浩

主编助理　林东林

编　　辑　小　引

　　　　　艾　先

编　　务　万启静

美术设计　杜　娟

封面设计　祁泽娟

根号二书籍设计工作室

QQ: 1403310808

法律顾问

金　岩（湖北今天律师事务所）

开卷诗人

Open Page

七窍生烟　作品
路雅婷　　作品

七窍生烟
作品

推荐语

七窍生烟大约是第一个用湖南方言创作诗歌的诗人。这种风潮在论坛时代似乎流行过一段时间，参与者主要是长沙、衡阳等地散发先锋气质的写作者，七窍生烟是其中非常优秀的践行者与推动者。方言入诗，意味深长——既有语言上的叛逆，又有诗意上的反动。或者说，在普通话大一统的语境下，方言、俚语给当代诗歌创作带来了某种不可预期的活力。这得力于口语化理论的深度推进，也是一次大胆又有趣的对诗歌边界的探索。七窍生烟的语言节奏轻快，调子起伏，转折举重若轻。每次读到老七的诗，就想起多年前去他的工作室，星辰闪烁，湘江流淌，一个大胖子边呷酒，边慢慢写着毛笔字。

——小引

在统一语言所构成的世界里，统一语言正在失却对个体感观的负载，七窍生烟看到了这一颓势，并试图在诗歌写作中力挽这一颓势。通过这些名为“落木寺记事”的同题诗作，他探寻“书同文”背后的“不同文”、“普通话”背后的“不普通”，致力于复苏某种文字甚至是声音——方言和方音，而其所内蕴的地方性和深植的个中三昧，也才得以在这样的字句之间被显影出来。从诗歌对语言的清洗和恢复的层面来说，这样的玩法并不是太多了，而是太少了。

——林东林

多年以前，我曾经想过做个半年或者一年的“日记”式的诗歌写作，当时自我感觉算是一种实验性质的创作，但是因为自己的原因，没能完成。后来就看到了杨黎的《远飞》，再后来就是七窍生烟的《落木寺记事》，这才觉得自己当初所谓的实验性质太着相了。现在看来，这种写作其实是试图把诗歌拉回到本质的写作方式之一，日常所见所感，通过诗歌观念的过滤，再尽量简单直接地呈现出来，也可以说这不仅是写作方式，更是一种诗歌观念和诗歌态度。跟杨黎所呈现的不同的是，七窍生烟用了更贴近他自己生活的湖南方言来作为他文字的底蕴，这让他的写作具有了语言上的标志性。多年前，老七、小抄他们组织的新湘语写作的系列实验，到现在也该结出可以收获的果实了，七窍生烟的这组文本无疑就是他们的成果之一。

——艾先

我总觉得相比于论坛时代，当下的诗歌写作越来越丧失了往日的活力，日益严重的趋同化使原本应该成为语言先锋，为汉语文学开疆拓土的诗歌这门语言艺术，正在日趋保守和固化。七窍生烟或许可以视为论坛时代的精神残留者之一，他的写作葆有一种孤勇的力量，这组《落木寺记事》就是一个明证。诗人用一种近乎遗世独立的语调，叙述着“落木寺”的时序变化，以及与此相对应的个人心境的转换，轻柔，和缓，不动声色，却充满了语言内在的张力。这样的探索正是我们需要揄扬的，因其孤勇而不事张扬，从而获得了应有的纯粹与荣光。

——张执浩

落木寺记事

顶楼高头
有日头
有呷火锅的几个人
他呢都在喝饮料
男的女的
没有一个人呷酒
我忘记
带酒上来了
也忘记戴上口罩
再去19楼拿酒
非我所愿也
其实下楼
也是一件简单的事
无非是错过
一些风
一些阳光

落木寺记事

我。在一张签到表上
写下今天的日期
2月22日
接着。
写下签到的时间
10点28分
然后签上名字
汪志鹏
目到这几个字
感觉到有些陌生
再看到写在纸上的时间
10点28分
已经过去
它和昨天一样

已经过去
我问过曾班长
为么个要签到
曾班长讲
证明你来过这里
我在想
多签两个到
是不是可以证明
你来过
这个洋世

落木寺记事

街上的人
比花园里的花要少得多
过往落木寺去的青石板路
愈加清静，整洁
蒋乌说去看樱花
有无好的去处
一是湘江边的落木寺
可早几日
风雨前去拜访过
一是武汉的珞珈山
如今怕是只能
心中存有此山了
一是日本的富士山
此去道路迢遥
于是我在一张A4纸高头
画上一棵棵的树
再用粉红的颜料白色的颜料
涂满一树一树的樱花

落木寺记事

落木寺与对面
麓山寺之间的距离
其实就是
一条湘江的宽度

之前在路上
我一直觉得其实
这两个字
真的有一点多余

古人或者佛祖
曾经做出一苇渡江的事
而今人落木
直接一念渡河

心里的距离
才可以
称之为遥远
如果

心里面
没有距离呢

落木寺记事

你呷过茼蒿吗
湖南的茼蒿
河南的茼蒿
北京的茼蒿

它呢之间的味道
没有么个不同

在北京也好
在河南也好
茼蒿还是那样的茼蒿
只是和你一起的人

变得不一样了
或者是你酒
喝得高
看什么人

都是一模一样的脸

落木寺记事

目到白色的棉花在
眼睛里面
飘来飘去的时候
我正行在

高桥商圈的边边上

冷啊。不是简单的冷
那种冷。深入到骨骨髓里面

棉花的白与
雪花的白
它呢的脸如此相似
让我怀疑自己的眼睛

一个红灯
强制性地让我
停下来
天空当中的雪

还是在那样地落

落木寺记事

之前把胡子刮了
连头发也自己
剃掉
不需要镜子
是根本就
没有镜子好吧
然后去洗澡
澡堂在五分钟远的地方
边近就是食堂
我从来没有在
这个地方遇到过你
再过几天
我就会离开
这个地方
就会变成一个地名
曾经的你也是
这样

落木寺记事

红薯粉丝昨晚
就泡好了的
白菜刚刚切好
再把羊肉
倒进锅子里面
一锅煮了
不需要任何的技术
当然
盐必须加一点的
当白菜以及那粉丝
遇到羊肉
这就说到时间了
三分钟太短

五分钟太长
我需要一筒烟
来思考
湘江怎么不是
往东流
这个问题很重要

落木寺记事

有风在吹着
所以你
并不孤独
好吧

酒还是那一杯
这个夜里
落不落雨都没有
关系的

我还是把
那一扇窗打开
顺便目呢
一眼。不远处的湘江

时间就是那条
消失之后
又重现的乌篷船
它记得你的容颜

落木寺记事

鲜花的鲜
与年龄没有关系的话
那就是与时间

有着纠葛

我偏爱荒野的小菊花
我更爱夜深后的岳麓山

落木寺记事

已经躺在床高头了
顺手把灯一关
然后我和夜融为一体
或者我就是

夜。

之前有人说到春天
哪个鸟人我
不记得了

蒋乌和我说
日头真好

落木寺记事

这个时候
你们都睡着了吗
好吧。雨是一个例外
它属于陌生人

落木寺记事

接下来
我要和你讲到湘江
不是和淇淇

淇淇的打鼾声音
与外边的雨滴
并驾齐驱
我不忍心打扰
淇淇睡觉
我也不忍心打扰
湘江里的那些
鱼
他们都是我的孩子

落木寺记事

我有点喝多了
好像外边落的雨
有一些落
到我的杯子里头

天早就断黑呢
淇淇说晚上
去观沙岭吃饭
叫我不要等他

桃花这个时候
应该开了吧
我没有下楼
外面的花都盛开吧

你们看到就好

落木寺记事

你们都睡了啊
好吧
总是需要一个人

醒着的

阳光明媚的另一边
背着书箱的书生
行在路上
就是
现在你们说的蔡锷路

当书生坐着乌篷船
横渡湘江
时间的背面
淇淇被台灯的光芒笼罩

不要问我
木莲西路的尽头
到底在哪
哪一棵香椿树的叶子
不能够煎蛋

书生终于找到湘西会馆
淇淇已经发出轻微的鼾声
他们两个人因为
空间的关系
擦身而过

落木寺记事

这几天
就吃杏花烧酒吧
耳边的雨
有时大有时小
或者说
你想要雨有
多大
才可以连接远方的山

才可以目到
山上
那些模糊的面孔

落木寺记事

然后
我就离开你
更加遥远

今天的资江
比较清澈

一片一片的玉米地
有一些跳跃
落在小淇的眼睛里
我还是问了
小淇说他不认得

我突然
想到一个词
埋葬
之后是一波
接着奔涌过来的时间

经过
我只是经过这里

落木寺记事

滴水的声音
持续到一个人躺下
之后又重新
站呢起来

过了很多年才记得
转过脑壳
目了一眼那
睡梦后背的南山

一蔸挨着一蔸的花生苗
因为青翠所以
在风中摇摆
类似一个人的脚步

滴水的声音
持续到天光之后
他接近一条河流
然后停下来

落木寺记事

早上的望龙村路边
几个娭毑嗲嗲
蹲在草地高头卖菜
南瓜丝瓜苦瓜空心菜
南瓜是老南瓜
个子不高
一问四块钱
拿到手上掂量一下
一斤半的样子
和曾经外婆种的南瓜
双胞胎一样
于是就还了一块钱的价
坐到公交车上边
双手抱着南瓜
仿佛抱着我的外婆

落木寺记事

影子行在我的
前面。好像一直这样
只是以前
我没有留意过
这个不知道
疲倦的哥们

落木寺记事

拎把菜刀
行到院子边近
那棵桂花树底下
砍了蔸白菜

后山依稀可见的几根竹
顺着不见了的时间
蔓延成为一座竹山
长铺子村也改名长龙村

一蔸白菜
炒呢一菜碗
还有一碗烟笋炒肉
一碗腊牛肉

长铺子的日头
已经晒到屁股高头了
小淇去打的酒
还没有目到影子

落木寺记事

到山上去的人
不冷
山上都是站着的树
和躺下来的人
金盆岭挨着湘江
现在我担起脑壳来
有一滴雨
从天空当中
跳呢下来

落木寺记事

一座山不见了
昨天它
还在哪里的
或者说是
我的视而不见
渣土车
把一车车的土
拉向未知地地方
一座山
就这样地被分解
消失
就如同你
曾经的青春
哦
我想到一直被
忽略的春天
悄然地来了

落木寺记事

蚕豆煮在火锅里
好呷
到呢周树人的笔下
蚕豆就变成了
茴香豆
呷茴香豆是
不需要筷子的
两个手指头
一拈
茴香豆就到了口里
你刚吃完一口酒
别个讲的春日
其实已经到了夏日

落木寺记事

不与你说
出来
我写出来总可以吧
再来的春天
只是一个人的春天
连风也是这样
比剪刀更加地锋利

落木寺记事

春天那么多的花
经过你眼睛里的有几朵

或者有人讲
有一朵花
在我底心里

有话就说
可长可短
无话就闭嘴

真不易得

再来的春天
肯定
不是你想象的
那个式样

落木寺记事

我要明月做甚
黑夜本来就是黑的
酱板鸭在冰箱的冷冻柜里
还要等待时间过去
酒已经呷得差不多呢
如果可以的话
我还想叫一个人过来
好像两个人呷酒
比一个人好了很多

落木寺记事

至于什么节日
和我冇得半点关系
该呷的酒
一口也不能少
湘江这条河
比很多的朋友都要好
它一直在那里的
很多的友人

都会说
自己很忙
呷酒啊
好的
改日可以吗

落木寺记事

雪落得好大巴大
和去年的春天
有一些相似
其实去年的春天
到底是个什么样的
我已经不记得了

落木寺记事

外面落雪
我是不晓得
因为我根本就
没有把目光
投向窗外
我在切腊肉
来自宝庆府的腊肉
喷香的
然后我想到呢你

落木寺记事

日头晒到我的脸上
这个时候
我有一些茫然
更冷的风

以及昨日的雪
让我更加地适应

落木寺记事

反光镜里头
车轮不时跑过的身影
比较恍惚
这是新力街中间的
某一个片段
小淇讲
廖姐早几天
于湘江边放生回来
行的就是这里
那天有急促的雨

落木寺记事

可能是手的晃动
和雨的晃动

它呢之间
存在着持续性

一条河流
对于飘过的夜晚

持续落下来的雨
挤出来的呻吟

一筒烟的闪烁
打破了某种平静

落木寺记事

一把老式的风扇
没有发出太大的噪音
它在房子的中间
不慌不忙地散步
一个嗯的脑壳
与风扇的脑壳无缝对接
风扇向左
嗯紧跟着向左
它呢好像
是去往湘江的方向
我想画一幅这样的画

落木寺记事

面对一种声音的时候
刚好背对着雨
这样说出来
好像有了刻意的味道
而事实上
前后左右的雨
在一笔一画地加深秋意
到了这里
我在加粗还是加深
这两个词中徘徊
长椅子的四周
都是静止的雨了
你坐过的地方
有一片干干的影子

落木寺记事

花开得有些清淡
不晓得叫什么名字
反正和你的视线
差不多
那个时候　你看湘江的时候
花开得有些痴迷
我抱着你
你在岳麓山的前边
有可能是秋天
我就遗忘呢。你的名字

落木寺记事

骨头里的东西。不被世人所见
正如河水轻而慢地流淌
一条河流的内心多么丰富
去年的你。等同于一个沉船
落木寺这个不言不语的记录者
它用定时的钟声
提醒那个贪睡的僧人

落木寺记事

日头在南山露呢一张脸之后，又跑回屋里继续困觉。落在花生秧苗高头的雨滴，紧紧跟倒日头而来的。花生苗青翠欲滴，目向空旷的山脚处，仿佛有嗯行呢过来。他戴着草帽，所以从高当目去，他的脸是目不到的。南山开始有日头，接着有雨以及花生苗，那个偶然出现的嗯，是一个意外。

落木寺记事

一条裙子
一条白格子黑底的裙子
一条穿在洁洁身上的裙子
一条被钉子咬了一个洞的裙子
一条即将被遗弃的裙子
一条与湘江并排行走过的裙子
它古典的面容逐渐模糊
或者时间的力量可以
改变一些什么

落木寺记事

松桂园距离落木寺
得。穿过半个长沙府
前些天。我骑马回去的
今天选择坐船

落木寺记事

半杯水　遗失在杯子里
已经发芽
这不是春天
这是春天的对面
有多少事没有来得及去做
譬如去拜访周梦蝶
一切都已过去
资江平淡无奇
昨天摄影师阿辉说道
不要相信
眼睛所看到的
我目到你是一个人
你确实是一个人

至于你是一个什么样的人
我就不清楚了

落木寺记事

然后。一个背影
在海的中间凸现
大雪啊。还在路上遥远
我仿佛就是一条鱼
游近你的钩子

落木寺记事

担起脑壳一目
那么黑的天
与我爱的天空
是那样相似

我在去落木寺的路上
或者说。一个人在回家的路上

说出爱这个字
对于我这个人来说
是一件艰难事情

风就那样吹，你就吹吧
我只是一个迟归的夜行人

路雅婷
作品

推荐语

路雅婷的写作为我们研究自媒体时代的诗歌，提供了一条全新的路径。如何在完全放松的状态下，让语言和日常生活熨帖合体，既无所顾忌，又能够让笔力简省有效，我觉得，这位年轻的诗人已经从前期的散漫进入了自我觉悟的状态。毫无诗意的生活，与处处都能产生的诗意，看似一条悖论，但在高明的写作者那里，存在着一个极为高级又隐蔽的转换系统，它由语言来实现。路雅婷没有被语言奴役，这一点已经非常可贵，而更难得的是，她时常在不经意间发明了一种奇异的情感传递介质，来唤醒我们对生活的感知力。

——张执浩

没有门派，没有观念，没有美学，甚至没有风格，作为诗人的路雅婷与作为曾经在燕郊和北京之间往返的上班族路雅婷没什么两样，她无所偏爱也无所偏恨地看着这一切，同时用文字呈现着这一切，男人、女人、橘子、扭腰器、围裙、西红柿、雪、雨、刀片……其狡猾或许正因于此。就在我们绞尽脑汁地要把她归入哪一类之前，她早已洞察了日后的这一幕并冷笑着这一幕。她当然是一个诗人，或者说，她是放弃作为一个诗人的惯常方式而成为一个诗人的。

——林东林

依稀记得第一次读到路雅婷，惊诧于她的轻松、散漫又一针见血的果敢。女诗人的语言大多纤细、婉转，于细微处见真章，路雅婷也不例外。但让我感受更深的却是她在处理日常事务时的耐心和多变。你可以称之为开阔，也可以称之为自由，但都不准确。这正是路雅婷优秀的地方——她善于在动静虚实之间找到合适的节点，在不同的事物之间找到平衡。柜子和橘子，大象和夕阳，迎春花与连翘，比“短暂更长”的其实不是时间，是诗人复杂又坦率的心灵。我偏爱天生自带韵律的诗，而路雅婷具备了于纷乱中协调杂音的能力，或者说，她具备了某种语言上的能力，即使人世间最轻微的振动，也能被她敏锐地捕捉到。

——小引

路雅婷的文字里充斥着矛盾：有时像是饱经沧桑，有时像是天真烂漫，有时冷眼旁观，有时奋不顾身，有时层层推进，堆波叠浪，有时猛然转身，给你来一刀斩立决。从文字而言，我想它们的源头应该有一个丰富又孤独怪异的空间，源自这个空间的文字，是天生自发的，是更偏向自我的独白式的，也许它们不经雕琢的原生态更符合文字的本质，这种能力，也是写作者能拥有的宝贵的天赋。也许她的文字在写作层面上算是个体的小众的，但在文学意义上，她还有更大的空间和时间去形成真正完全的自我的路雅婷的诗歌。

——艾先

等一粒橘子彻底失去水分后你再去闻它

一粒橘子滚到柜子底下
五次搬家也没被遗弃的柜子
成熟，懂事
柜子会让橘子自己滚出来的
我继续晾晒衣服
你看见橘子
从你的手中滚到柜子底下
你从板凳上撅起屁股
单膝跪地
你把胳膊敲断，加长
顺便喊我的名字
找呀，找呀
柜子会把橘子好好藏起来的

刘国业，你为什么还不通过我的好友申请

你在小区微信群里弹出来
我一眼就认出了你
刘国业，你的头像比你更像你
夏天在11号楼右侧
提着水桶，我排在你身后
雨突然下下来
你迅速往里挪了挪
让我躲进饮水机的檐下
我们真般配，你也发现了
我们都瘦得离奇
一起熬过了那场雨
现在是冬天
刘国业
一会下楼排队填表格
如果我能找到你还排在你身后
夏天的那场雨还会不会
突然找上我们俩

旋转大章鱼

第一次见你是去年冬天
你的灯不亮
座椅落满灰尘
为你通电的人在指挥亭里睡觉
你看着我
大风怎么吹眼睛都不眨
时隔七个月的今天
夏天已经过去了一半
你活泛起来
并旋转
8000颗LED灯
从你身体各处同时亮起
一个五岁大的孩子
在座椅上尖叫
你的眼睛从我面前
慢慢转过去了
那是夕阳西下的方向

由于健身器材有限，使用时请大家相互礼让

一个男人在扭腰器上扭屁股
节奏很查克·贝里
我在太空漫步器上漫步
晚霞自眼底小幅度上上下下
离飞只差两三米
我将放弃高贵的姓氏
放弃龙凤木
和挥霍不尽的财富
而你
而你
依旧深爱着我
我在太空漫步器上漫得停不住脚
本来还想试试双人大转轮的

掌上明珠

我梦见我不是我
我是一颗
被父亲握在手中的珍珠
走在下班路上的父亲
手里突然
多出一颗珍珠
父亲连忙收住脚
迅速朝右看又迅速朝左
他看了看脚下又往天上看
父亲带我拐到一棵树下
我在他干燥的掌心中
旋转
父亲对着我呵气
用袖口把我模糊的地方
反反复复地
擦干净
父亲将我举高，举远
对着树缝间的阳光
看我，看我
父亲频繁移动脚步
对着更大的树缝间的阳光
看我，看我

直到我开始
一闪，一闪

水

顺着墙壁里的管道
水从上面
经过我的楼层
一家四口的衣物
有时分开洗，有时不

一家四口的身体
有时分开洗，有时不
水让我听见水
如何开始
如何经过
如何短暂地停留
又旋转向下
在27层的高空
水将安排谁知道水
与我短暂交汇的时光
比一些短暂更长

明天我回西班牙

反复听一个人的声音
在声音里找安慰
因为这个声音
姥姥活了
姥爷活了
爸爸妈妈背对着背粘到一起
我再一次抓破姐姐的左脸
看她哭
——“明天我回西班牙”
那个声音又在说
你也肯定听过这个人的声音
无论那时候你有没有出生
他叫童自荣
上海电影译制片厂的配音演员
1978年为《佐罗》里的佐罗
配音

不能忘怀挂在厨房门背后的那条围裙

从门背后取下围裙
让你低头
先把细绳挂你脖子上
然后让你转身
双手绕到你身后系一个死扣
我的坏
是妈妈的坏
是梳着两根麻花辫的
奶奶的坏
避免你一反手就能解开
把围裙重新挂在厨房门背后
避免我不能忘怀

我随时可以去沅陵，只要他说好的

现在是右手拿烟
一道血口子
瓜分左手大鱼际
几粒微小光洁的红珠子
滋出来
沙沙痒痒
抽烟的时候
正翻到《沅陵的人》
沈从文《凤凰往事》的
第三十八页
纸片锋利
无声
现在是右手拿烟
刚刚让左手
递过来

永　生

穿过奥尔特云
来到太阳系的边缘
接你电话的时候我已走出银河
身上带的酒足够
我还是330毫升哈尔滨小麦王
仙女座星系正以每秒300公里的速度
朝银河系运动
别担心了啦
它们相撞是39亿年以后的事
本星系群过了就是超星系团
那一片更更漂亮
是我每次散步的终点
你不让我再往超超超星系团去
说不听话就掐死我

为了更漂亮她从风池穴不停开花

花托举着她的头
一朵接一朵一朵接一朵
越开越多
感觉现在她想站起来都有些困难了
冬至以后
天说黑就黑
她等的人还是没来
我也实在帮不上什么忙
比如剪下一些
回家插瓶
毕竟她开的都不是很好打理的那种

回　家

你骑车送我回家
要下雪了
身边的车辆经过我们
在加速行驶
一只花狸紧跟着
扑我们的影子
我不敢微调我自己
不敢从你的身后抱你
梧桐的根在地表深处
隆起又落下
树冠的斑驳洒下来
是一摊一摊结冰的水
你的车轮划过斑马线
我依然能感知
那些轻微的颠簸
就要下雪了
风吹在我们身上
是有形状的

这次停电的时间比哪次都长

要不要摘那颗西红柿
我的右腿已经跨过栅栏
左手扯着那根秧
9号楼3单元101的老人
拄着拐杖嵌在玻璃中
翻蜡烛
大楼一片漆黑
西红柿半紫半红
寒风一阵一阵地吹
我还是穿少了
换左腿跨入栅栏
你不摘西红柿电不会来

夜读《羽林郎》，天气突变

我们抓着床板
一起听雷
快了，你说
雷是从东边来的
正往南走
你抬脚
用脚尖牵引着雷
指望雷能直冲到西北
在离我左耳最近的地方
炸开
这让我心生歹意
一尺长的刀
正从我的膏肓穴
往外冒
闪是青灰色的
你的皮肤是正宗的白
胎记偏蓝，三角形
我的刀还差一寸
半寸
马上，马上
嘘……
你千万别叫

每次买菜回来，曹桂芬都要看看电线杆上的招聘广告：月薪3000有提成；年龄35岁以下；有两年以上工作经验者优先……她已经把广告背下来了，这次她先闭眼再睁眼，测试自己是不是真的背了下来。

天真冷啊
47岁的曹桂芬把袖口拉到手心
拎起地上的塑料袋

更勒手的那袋已经换到左手
她认为自己符合品貌端正气质佳
往回走的路上
她看见玻璃就照
光秃秃的树枝在她脸上交错
总打叉
还是立军超市门口的玻璃够亮
曹桂芬凑近曹桂芬
瞅她左眼角下的那颗痣
喊立军帮她开瓶常温北冰洋

雪

清晨你问我
北京是不是下雪了
窗帘上
两匹斑马在对视
你又问
雪下得大吗
我把手缩回去
压在枕头底下
天花板上的那块墙皮
终于脱落
雪下得不能再厚了
我说

洗澡的时候遇到很多王梅西老乡

她们说话的尾音都往上扬
皮肤都白
小腿都粗
我把头发盘起来打听
你们认识王梅西吗
你不认识

那你呢
他家就住虎山街道2709号

我一直想要告诉你的事

元宵节当天
情人节后的第五天
雨夹雪，不大
从永昌南路走到宏达北路
车很少，没有行人
浩海大厦三区B1工牌219
熟练掌握业务流程
习以为常的事都夹在
空心的生活里
道谢，已是中午时分
树缝间的雾气还没散去
车很少，没有行人
从宏达北路走回永昌南路
雨夹雪，不大
她左脚的鞋里进了水
袜子还没湿透
除此之外
一切仍似清晨

刀　片

你将刀片推至一寸
递给我
接过时我顺手掩上门
将刀片推至二寸
一层又一层
我划开坚硬的保护
没有破损，没有
再仔细看看

你说
隔着门缝我转告你
我确定
最里面是完好的
我没再打开我的门
我将刀片从二寸
收至一寸
再从一寸处彻底收回
自门缝递给了你

2021年10月31日的夜晚

飞行警示灯在楼顶闪烁
没有声响
也许有
需要我爬上楼顶拿听力更好的左耳贴着它
我的脸将变成喜庆大红色
比刚刚更有温度
融为警示本身
需要那样做吗雅婷
这有点危险

古　里

一盘磁带听到一半
开始绞带
这是被反复多次播放
快进与倒带的结果
被绞过的带子重新使用
碾轧依次叠加
我必须剪掉损伤的部分
属于你的那部分
构成我爱与恨的丑闻
剪掉，再听，我

和你出现之前的那个我
没什么两样
——路雅婷，我爱你
此刻正从我的手中脱落
翻转中又缠住桌脚
接下来
是我也爱我自己

我们搬到北京的第二年冬天

找，找一个人
找一个人说的话
找这个人对另一个人说的
妻子对丈夫说的
说一个60岁去世的人
本质上跟70岁80岁去世的
没有差别，在她看来
一个同龄人的骤然离世
更令她感到惊讶
——他开车撞到了悬崖
她纠正，他开车撞向了悬崖
找，找这个故事
找这个故事的开始
它在一本书的中间位置
找，找到那个同龄人
最后去的冰激凌店
找他方向盘上掉落的口味
是芒果还是草莓

你踩着扁扁的蝉跑过去了

蝉已经死了
被压得扁扁的身体
还有蝉样子

其他蝉们好像不太管
打大雷下大雨
叫法日常
你踩着扁扁的蝉跑过去了
你没再踩着扁扁的蝉
退回来
蝉确实是死了
压得更扁平
雨打在后背像敲鼓
我应该不会再踩着它了吧

我移动自己就是移动你

你躺在沙发那头
七根白胡子
(你一再说是五根)
在阳光中闪退
我把烟灰缸推向你
手塞进两腿间
攥拳
烟灰再不弹就晚了
你的衬衣簇新
那些期待多年的隆重时刻
始终没能到来
掉，让烟灰往下掉
风已经停止
我移动自己就是移动你

百　合

每年都有那么几个
装饰性时刻
你手捧百合进门
换拖鞋，喊我美娇娇

我并没有比
其他时刻更加爱你
我只想告诉你
百合的气味让我眩晕
耳鸣，眼前的星星
蚊子一样乱飞
然后是绿色，墨绿色
黑色剧幕沉沉落下
你整整喊了我七分钟
以为我死了
我没死
后来活着与你分开

你躺在神威北路的松林里等我

去年秋天落下的松针
枯黄，坚硬
也最容易折
你站起来，穿上鞋
伸手去更高一点的地方
掐一根直愣愣的绿色松针
把折在牙缝里的那根
剔出来
新鲜的松针
汁子微微辣，微微苦
想起小时候喝的庆大霉素
你又掐了七八根
一起放嘴里
没错，是庆大
妈妈骗你说已经加过糖了

雨的气味

你还是坐在最里面
那个靠窗的位置
我还是坐在你对面
看龙凤木的影子
在你的身上逐渐拉长
又恢复原状
有时我也会把它移开
只看阳光中的你
然后，是道别
我站在你的身后看你
先穿左脚的鞋子
再穿右脚的
然后，你回头看我
看门在你的身后关上
我又回到了最里面
那个靠窗的位置
我让我的对面空着
风从窗口吹进来
已经有了雨的气味
大概不等下起来
你就已经到家

2021年9月4日18点05分，一棵银杏已经完全变黄

雨刚下过
一棵银杏已经完全变黄
我朝它靠近
浓郁色彩在分散
穿过草坪走过凉亭就是游乐场
两只狗在一小洼水中
相互追逐
追逐在这棵银杏的最高处
它们的主人因它们的相识而攀谈

黄色叶片溅到我腿上
凉凉流向脚跟

会跳舞的人

会跳吗？他问
广场上除了我
没有别人
他的红色上衣
让我觉得，我会
我原地站着
等他发号施令
他只要轻轻一碰
我就不会停下
我信我自己
胜过信他
他用铁似的大手
一把钩住我
那团红色飞快地
被我吞了下去
你不会，他说着
手力突然温柔

路过的人会不会觉得你们很奇怪

我们把脖子抻长
一圈圈缠绕在一起
我们牢牢吸住对方的嘴
身体绷满一股劲儿
放弃贵重物品
小心翼翼从卧室挪到游乐场
秋天的夜晚很凉
下毛毛雨
我们再次用四条腿站稳

腹语喊三下作为信号
一起脚不沾地
我们想好好旋转一次

码　头

雾散了，雨小得看不见
但雨没停
河面上微不足道的动荡令我心安
为雨，为你说的晴天不宜出行
码头上撑着的伞几度开合
人们习惯用伞尖替代手
指向河对岸
那里的人依次走入船中，没有行李
码头上的人跟着水平面浮动
收拢的伞越来越多
我倚着围栏抽烟
盯你上了船
船每行进一点河面就更宽一点
有人躲在暗处朝河里放水
一个男人跳入水中
紧接着是你
码头的围栏不断升高
生锈的铁与铁相互撕咬
钢筋从我的左耳插入
试图把我吊起来
一个女人抱着孩子也跳入水中
一切都不在你的预料之中
——游向我
所有的伞都收拢起来
我将手中的玫瑰红撑起
继续盯紧你
那个男人和抱着孩子的女人
已经看不见了

有人躲在暗处继续朝河里放水
你要快，要快
我的烟还剩下三根

你丢失扣子的那年我在读高三

你躺在我的身后
手脚冰凉
在不够暖和的被窝里
抵着我的耻骨
窗外，天色阴沉
我涂一点橙色，柠檬黄
再加三笔湖蓝
6号楼左侧的两株紫叶李
终于开花
你的手脚从我的耻骨移开
早餐吃过了吗
昨晚烧的粥还在保温
你西装上掉的那粒扣子
我已经找到了
在听吗
还是不在

两个孩子在游乐场荡秋千

左边的让右边的保持一致
右边的跳下来
重新荡
我从长椅挪到消防栓上
抽烟
小狗跑过来
嗅地上的烟头
右边的再荡高一点好吗
再高再高再高一点

身体飞出去
让左边的找不见
让他慌
回家
把两只秋千空出来

青莲坊·第一场

从下马陵到青莲坊
阿贵送阿雅回家
月亮很高很远
一朵云消散着靠近
阿贵站在楼下
听阿雅上楼的脚步
两支烟工夫
过肩镜头
阿贵看见云，更高的云
穿过月亮扩展出去
东十二道巷路牌
标记模糊
阿雅从五楼窗口
探出头
俯拍
镜头绕过电线绕过树枝
辨认一件条纹T恤
不确定地
喊谢谢和再见

对龙凤木说不

没有阳光的星期四上午
你对龙凤木说不
你下床
不搬龙凤木下床

它的枝子已经长到一米多高
拇指粗细
被暗红色斑纹无规则包裹
它只能侧躺
叶片大睁
看你用左手打扫落在床上的土
右手紧贴床沿捧一捧接住

夜晚的散步

我的影子在前
我在后
我看见我的影子慢慢变长
变浅
消失了
其实是我的影子又回到了我身后
我看见我的影子越来越深
越来越接近我的尺寸
加速冲了过来
注意
该拔刀了

爱情曼特宁

沿着那条虚线，撕开
朝两侧拉伸，悬挂在杯子边缘
水在烧，一个人坐在沙发上
等待一次沸腾，沸腾着
先注入少量开水，淹没咖啡粉
紧跟着是全身的毛孔
一个个地张开，张开
再分段注入至150、180毫升
时间尽量控制在一分钟以内
如果胃疼，就把胃疼一同注入

现在，取出挂耳包
一个人有足够多的时间从沸腾处
降落下来

迎春与连翘

你居住的镇子很小
从南边走到北边只消半个钟点
我用北方小镇的样子
覆盖你的南方
对准光
让两幅画在正中间的位置
重叠
让你我同时收住脚
掏出烟，点燃
人们还不习惯出门
孩子们没在上学的路上
云自我们的身后双向汇集
雨说下就下
随后是雷声和闪
我将阳光下的两幅画迅速抽离
在你即将撑开伞的瞬间
花仍在路的两旁双倍生长
很少有人注意
路的左边是迎春
右边是连翘

诗选本

Selection

熊曼　韩少君　张翔武　于贵锋

上官婉儿　伍小影　王芗远　让青

张岩松　周簌　山刺　余贺

陈桥　于小斜　黄郑洁　陈素凡

骆芳　谢珊瑚　范剑鸣　罗秋红

赵俊鹏　李皓　张捷　魏天无

熊曼 的诗

Xiong man

今　天

今天的月亮比前天明亮
今天的花比昨天憔悴
今天的我不是从前的我
从前，今天和未来
构成我的全部
但全部是什么样子
只有天知道
我们素未谋面但滔滔不绝
多好啊，亲爱的陌生人
你站在窗前向外看时
我也正在远处
看着你的局部月亮
幽幽挂在天上
月光会替我抱抱你

日常诗

桌面上，茶水挽救生活
于一杯白水的寡淡中
卧室里，果绿色沙发
在漫长时光中
承载着心灵无聊的部分

小区门口的麻辣烫内部
一些事物正在燃烧

那卖麻辣烫的小夫妇
手脚麻利，配合默契
好的事物之间应该这样

朋友或恋人之间，沉默是必要的
适时打破它也是必要的
无景可赏时，我就摸摸
腕间的镯子，它清冷但美丽
与爱情无关

花事了

梅花开了，摘一把
插进瓶里
桃花开了，摘一把
插进瓶里。接下来
还有月季、栀子、桂花……
只要她愿意
春天就在这方寸之间
陪着她永不结束
直到某天
她看到两朵隐隐约约的小花
开在眼角，不再凋谢
心里不由得一沉
明白某种不可抗拒的力
正在把什么推开

烈日下

树木保持长久的站立
像修行中的僧人
人类躲在自己建造的房子中
房子被迫替人类受难
空调在夜晚发出
不堪负荷的噪音
许多耳朵被迫醒着和离开
去关注自身以外的事物
遥远的事物

只有孩子不受影响
他们吃完草莓味的冰淇淋
还想吃香草味的
吃完西瓜还可以吃葡萄
只要夏天在继续
甜蜜就在继续
孩子专注地享用着它们
仿佛苦涩从未降临

寻常的一天

散步时鸟粪落下来
弄脏了我的白色外套
但我不再感到沮丧
有一段时间了
我感到体内有什么正在发生
正在消散，像水消散于空气
在我的胸腔留下干燥

鹅卵石路面，金黄菊丛
远处的圆拱形屋顶
被阳光涂抹得发亮
令人感到愉快
这样的时刻不会太多
我选择从阴影中走出来
主动暴露在阳光下
并接受了它附赠的雀斑

路的尽头

她在路上走着
像只母兽那样
穿过一排排闪耀着金属光泽的汽车
往洞穴的方向走去
冷空气无处不在
亲吻着它遇到的一切
使之变得冰凉
栾树在掉着叶子

地面上积了厚厚一层
枯萎填塞着人们的眼睛
然后是想法

路的尽头有一个孩子
在摆弄着手里的玩具
不时倾听着来自门外的动静
他在等待她走进去
将手中的蔬菜、水果和鱼放下
等待她看他一眼
然后端上热腾腾的汤锅
等待他们围桌而坐
笑着，说着什么
空气一点点解冻并流动起来
然后是他们的心

它们都是好的

新疆的丑苹果是好的
只有吃过的人才知
它有一颗甜蜜含蓄的内心

武汉洪山的菜薹是好的
一丛丛立于寒风中
天气越冷越肥美

路边的野菊是好的
它被一个人随意摘下
并陪她走过一小段寂寥的路

十二月的水仙是好的
它努力的方向是结一个花苞
再结一个花苞

叶片泛着清澈而无用的光
无意中安慰着
一双双劳碌的眼睛

午后读史

读到杜十娘手捧百宝箱
纵身一跃
消失在十一月的江水中时
有冰凉的东西
顺着眼角滑落下来
想到自己已很少哭泣
但这一刻的泪水提醒我
还有变得柔软的可能
读到围观的人们
打得李甲们抱头鼠窜时
又顿感欣慰
仿佛真有某个现世报
在不远处等着我们
一个下午我将自己置身于
另外的时空
直到阳光从西墙离开
我走进厨房
把几粒新蒜丢进油锅里煎熬
想到人世庞大
而我的泪水太稀薄了
它不能清洗别人
只能清洗自己

想　念

选择一些事物
需要过滤掉另一些
太多的日子我和电脑待在一起
它旁边是打印机、书籍、电话
一只空了的玻璃瓶
水面上浮着枯叶
在它们后面是墙壁
墙壁外面是马路
马路外面是居民区
无穷无尽的马路和居民区
永无止息的喧哗
有时我也想想那些

被墙壁和马路隔绝的事物
在风中轻轻摇曳、荡漾或闪光
发出好闻的气息
看起来略清寂
但比人从容

父亲们

仅仅将你的女儿带到这世上
是不够的
让她活下去不够
给她漂亮的眼睛不够
送她去学校接受教育不够

你得给她看不见摸不着
但真实存在的东西
让她在多年后的寒夜里
想起来依然
熠熠发光的东西

你得蹲下来，当你和她说话时
你得看着她的眼睛
语气尽量温柔，请多抱抱她
如果你不这样
她将带着凄苦的心灵上路

从A地到B地
从一个屋檐下到另一个屋檐下
她寻觅着早年缺失的东西
如同扑火的飞蛾
为了那一丁点的温暖
她愿意就是那飞蛾

喜　鹊

有一刻我止住脚步看
有着美丽蓝尾巴的喜鹊
在空地上旋转，跳跃

疑惑它为何出现在这里
而不是田野或花枝上

它用干净的喙
在属于城市的垃圾桶上
啄食着什么
饥饿如此醒目
它的现状和我们有着怎样
必然的联系

如果我走近它就会离开
我细小的怜悯它一无所知
下一秒我们将带着
永恒的隔阂
消失在各自的疑惑中

韩少君 的诗

Han Shaojun

三月二十七日，登先农阁，北望楚塞荆山有感

采矿区被群众削成了农谷
公社的水库溢出一线春光。

野鸡飞走了，猛虎从石材中逃出
我摸了摸，它还没有眼神。

发芽的残木滚落一边
安心过日子的，是登上高枝的喜鹊。

荆山那边，有水田，也有白鹭
柴油机继续轰响，只是你听不见了。

几个空心人朝这边眺望咧，他们身穿
反光塑料背心，以适应这个漫长的雨季。

“谁解幽人幽意，看惯山鸟山花”[①]
斯人，斯人在此，斯人愿意常醉,又迟缓。

①李白诗句。

圣境山游记

出了点问题，所以和
三个术士混在了一起。

我们一同从耸峙山顶的
禅院出来，飞瀑一路哗响

圣境山真有妙景呵，只是
不见我们要找的那块石头。

一个术士手指天上，仰望着
被醉酒的伙伴啐了一脸嬉皮。

一个术士游过河川大泽，他滔滔不绝
讲述深流的江心，那块巨型

石矶上的观音阁，始建于
宋代，常年挂着一件外套

波飞浪卷中，明眼人能
看见里面射出几道白光。

一个术士独自走进山谷，练习用
月光修补自我，因为他还有悔恨。

把灯火交出去

——新年之问

为什么要新的呢？
绿皮牛蛙是新的吗？

伏卧在前河的泥洞，牛蛙
鼓凸的眼睛当然是新的。

泥鳅是新的吗？它们聚在一起
在塑料盆里暗自翻动、冒泡

等待信众将
它们倾泻入水

泥鳅滑入前河的淤沙
暮光中，苍鹭散尽。

前河观鹤

怀疑之光涌进河道
半个钟头前，烟波
还在更远的天际。
有翅膀的，瞬间
直抵山涧，有时
是一只只落在裸石上。
前河观鹤，静坐，盲目
如我，空洞洞。
如苏子言：
一日似两日。

傍　晚

乌云从汇金大厦卷了上来
这是抬眼就能看清的方向
四只野鸭在人工湖的浮莲间
钻进钻出，头顶绒毛湿漉漉的
它们空灵、多变
准备接受一场雨水。
乌云缓慢下垂
我们的手臂
随之加长
和野鸭子不一样
我们需要光线。

去山顶

约好了，半小时后，去山顶
捡地卷皮，一种带着黑泥和草屑的菌类。

可我只想在山顶走一走，在乌云
的边缘来回转圈，有几个人和我一样。

一对母女在皂荚树那边捡地卷皮
我注意到她们之间的对话

我注意到春雷劈出来的黏稠物
一直这么摊在小女孩的肉手上。

向一头衰老的山羊致敬

不再翻越群山，也不适宜
合唱了，一只山羊代替了他
独自离开，调整一下步态
去寻找云层下空荡荡的草场

如此真爱

她已经老了，还能
听到他在外，喘息

面容模糊，也清晰，原本
是一路狂奔而来的好青年

只是换了一口好牙
又多出来一顶绒帽

现在他取下绒帽
戴在门前幼树上

他们开始使用网名
彼此交流猫科头像

言外之意，学着点出
抱一抱的绿色小标识

废止的旅程

那年他在海岛
他使用小灵通

有些事不说则已
说还真说不明白

笔下，是靠抽象生活的
幼象，不是一头，七八头

幼象蹿进村寨，毁坏
蔗田，吃了他的酒糟

现在全都像熟睡的孩子
耳叶通红，不识回家路途

大通道切入海岸线
多出来一截沥青路

混凝土垒起的旧码头
落下几只慌张的海鸥

他一个人来到这里
仿佛还有烈酒要喝

向我敞开的样子

湿润的山峦，迎面而来
没有人能借助它的力量
云层之下，本质上没有
什么变化，全都是向我
敞开的样子。木棉逢春
粤北，石巷重获生机
R.S.托马斯隔海啸叫：
“新绿将用她的烈焰把你洗净”
难怪，几只洗净的短尾鸟，吵闹着
从更远的山涧，一直跳到了溪口。

张翔武 的诗

Zhang Xiangwu

林中殡葬师

在无路可走的森林里，
人们才容易发现菌子。
踩着落叶、浮土、虫蛀的麻栗，
拨开灌木、杂草——
无论多粗的树也会倒毙
在幽暗林地，逐渐糟朽，
树皮从树干剥落，树干蓬松
如桌上一堆吃剩的蛋糕。
真菌已经完成分解的工作，
是荒野所有生命的殡葬师。
也许，我踩烂一朵菌子而毫无感觉，
如果贸然迈步，一脚踩空，
我就摔在一层发黑的松针上。
在散发霉味的腐殖土下
分布网状的白色菌丝，
肉眼无法看到在地下
它们如何传递信息与能量。
许多人总对野生菌感到恐惧
类似于走路或买房都远离殡仪馆。
直到返回人迹稍多的地带，
我们遇到其他捡菌人，
互相展示各自的收获，并纠正
对方说错的几个菌名，
就在客气道别之前。

神隐河流

我常在电话里问起那条河
还有没有鱼，像以前
端着撮箕都能撮到一条鳜鱼。
在河边生活足足二十年，
离开后，又一个二十年里
心头往往闪现在河边的画面——
似乎离开只是变换一种方式
与那条河保持无法割断的联系。
我不能重新设定轮流的季节，
让翠鸟返回它栖身的树洞，
让鱼群在夏天午后游弋河心
露出几笔墨色疏淡的脊背，
烈日退去，蝉声开始消停，
河岸沉入夜幕，仿佛神在隐藏
他所钟爱又不过度呵护的尘境。
至于我，甚至难以保持原来的自己，
再次钻进灌木丛寻找一窝鸭蛋。
我知道河水在流，我在行走，
在我生命中，河流绝不转换方向。
我不知道，在水文地图上，
在我眼力所不能及的日子，
我归于虚无，河流另走一个方向。
如果我能转身，发现那条河
不在原地，而有人看见它在别处，
那制造这一切动静的力量
远远超出我与河流之上，
不是神，不是时间，不是土地，
不仅仅是其中一个，而是所有。

山村雾雨

毛茸茸的山，笔立的烟囱，
白亮的塑料大棚，远处的房子
都消失了，雨下着，
雾气弥漫着，不断涌进院子。
在集装箱小屋前，
一只鸟在桃树上叫着，

每一声都宛转悦耳，音节之多
像巫师面对火堆念出的一个长句
穿透雾雨的重重封锁。
在叫时，它还从一根树枝
跳到另一根，树枝颤动，
雨水从枝叶上抖落下来。
只有耳朵灵敏的人
才会听见雾里藏着细语。
即便不是一生，至少此刻
为了抵抗寒冷的包围，
这只鸟正在奋争。
哪怕是鸟也明白，雾将散去，
无声的雨终会消停。

雾　天

雾越来越近，包裹了整个院子，
我们在一只茧中，还能看见彼此。
在乳白的蚕茧之外，许多地方
同样陷入雾中，大概有事发生。
很多事已经发生，事件、事故、故事——
在没有雾的日子，我们仍然没法看清，
有时费了不少脑筋，也不能琢磨明白，
甚至于，我们停下手中的活计，
白白耽误了一些时间。
或许，雾不过是一位自然而然的访客，
我们在一只茧中，看见对方。
那些一时不能看清的事物
在雾散之后终于露出全貌，
那些始终隐藏的事，放弃理会
才是我们恰当的选择。
炉中的火毕剥作响，每隔一会
我们拉开炉门，投进几块松木，
火焰喘着气，燃烧更加猛烈。
偶尔，几个人停止交谈，
院子栅栏附近传来一阵轻微的叫声，
那是竹鼠在地下挖掘，啃噬植物的块根，
对此，我们早已习惯，
放任这些邻居，不去惊扰。

时值小雪，回到安乡，一天下午坐在院子里

客都走了，院子里
几把椅子，我拖过一把坐下。
我的出生地的天空
原来也这样美，久违，
有别于身在其中的熟视与淡漠。
在云的白色和天的蓝色中，
白杨、水杉画出树冠，
那些游走的线条
饱含柔软而顽强的生命力。
如果走近，我会看清
皲裂的树皮、细硬的枝条
以及没有落尽的枯叶。
夕阳已醉，迈着老男人的步子
低垂着涨红的脸
独自走向西去的乡村公路。
我不再贪杯，早已失去
太多借酒浇愁的理由。
和乌鸦一样黑的八哥
在河坡树林中上下飞蹿，
它们过着饥一顿饱一顿的日子，
幸而，有枝可栖。
今晚找到睡处的人
半夜醒来，他的思绪还在飘浮，
没有归宿。
白杨上残留的叶片
像鬼一样拍手，吓到了
那些不善筑巢的八哥。

我要去垸中央

我要去垸中央，他说，
穿好雨靴，把草帽扣在头上，
什么也不拿，就走了。
这句话他说过很多次，
按他的语气，这是一趟远门，
垸中央听起来绝非寻常地遥远。
总是不用太久，他回到家里，

手握一把叶子打结的茭白，
或几枚鸟蛋，出奇地大，
又或者几个带荷梗的莲蓬，
莲子在壳里，饱满，有香味，
当他提着一两条鱼走近门口，
全家人感到有点过节的欢喜。
除了长期要去干活的人们，
在垸中央的访客名单上
都是暴雨、烈日、浓雾、大雪，
它们向来只做季节性的停留。
“我要去垸中央——”
他顺着水渠走路，像散步，
一块水田挨着一块水田，
偶尔一个湖、几方鱼塘。
只有一年四季经常去过，
人们才知道在任何地图上
从来没有的一个地名
拥有哪些物产、怎样的风景。

看　戏

他们在看戏，电话里
传来现场嘈杂的声音。
这时候晚上八点，安乡天色
已黑，如电影院刚刚熄灭顶灯。
离我家一百多米，一户人家
在办丧事，亡人七十二岁，
他家儿女请来戏班
庆祝至亲摆脱喉癌的往生。
从屋里出来的灯光
落在演员滑溜的戏服上，
也掠过院子里人群蠕动的头顶。
在挂断电话之际，“哪一个？”
我听见我妈站在旁边
向我爸顺嘴问了一句。
我忘了问问他们冷不冷，
冬月的夜里，在露天看戏。

野兔从我身边跑开那秒钟

一只野兔跑开了，从我身边
不远，我只看到
那麻灰色皮毛、那对支棱的大耳朵。
我还没回过神来，顿时
它不见了。眼前
只有秋收后排列齐整的稻茬，
我心里突然慌乱随即逐渐平复。
那只兔子以为我惊扰了它，
它哪知道，它也吓到了我。
我想起来，它沿着直线奔跑
（连个弯儿也不会拐），
那么快，在我视网膜上
留下一道淡淡的灰色的痕迹。
我每次想起它，都发现
日子过去了很多。
我不停写下遇见一只兔子的事，
始终不能让我满意。
我写下很多次，每次都不同，
没有一个版本令人满意。
对一只兔子的表达太多了，
任何人都有时间，或者
都有机会在野外撞到一只兔子。
我有些无奈，在一只兔子
从我身边跑开那一秒钟，
什么都在变成过去，
那只兔子、季节，连同我自己。
单凭我一人之力，那个场景
根本不可能完美再现。
在对一只兔子跑开的回忆与描写中，
我时常感叹，日子又过去了很多。

于贵锋 的诗

Yu Guifeng

太阳晒着

寂静像乌龟
突然翻身
新年的下午
一盆冰水
太阳晒着

我轻轻
笑了一声
仿佛乌龟
爬在心里
它翻过身
动了一下
又动了一下
水光粼粼

唤　醒

寂静唤醒
沉睡的事物
那只白鸽
停下翅膀
唤醒屋顶

黄　昏

太阳在落
肉里的刺拔出来了
仙人掌上
刺还很多
青山与河流间
足够空阔
今日十五
月亮
必定现身

流　风

草木发芽，树根较劲，多真实。
阳光出来，灵魂开始辩论，多明亮。
泥土和云朵交流经验，影子，曾经是雨
现在是雪。一缕缕
透明轻抚耳朵，空阔被忽略成流风

忽记某冬日午后

蓝的更蓝，黑的更黑
天地间，慌乱，虚弱

红的更红，白的更白
那小镇，结实，透明

而不倒翁的影子晃来晃去

七叶树

不多，不少，不是偶数。
多一些粉色的花，比香椿。
枝干年轻，结实。
对着春天那么鲜嫩地把自己张开了。
甚至比湖水里那片荷花更自信，更清亮。

初夏的亮度有层次

干白土上的阳光最亮。
次一点的是单纯的影子，
它们伤害不了公园，
和公园里的牡丹。
人，黑透。活在最真实的人间。

翅膀观

有时扇动着飞。有时静静滑翔。
如何使用自己的翅膀，在什么情况下用
鸽子有自己的体会。
在窝里总结，还是在空中，只有它知道

一张巨大的蛛网挂在老家的屋檐和窗子间

可以打掉啊。
雨中颇好看呢。也能网蚊子苍蝇。

看着荒凉。
有花树，有老屋。本来就这样。

然后，我和贵奇在微信里私聊些别的。
然后，寂静。

雨欲来

躲在云后，太阳突然狂吸发光的河水
这是早上七点多，大地上醒来不久的事物
正在做着出发准备

鸟儿练习曲

一次又一次冲向水里的天空。
快接近水面时一次又一次飞起来。

反复练习着翅膀和身体急转弯的能力。
用涟漪一点点消除着常见的结构：诱惑与恐惧。
终于掌握了安全距离，给早晨发明了一款新游戏。

乐此不疲，不敢懈怠

有时她。有时我。有时我们一起
一直试图压下去
——自从发现床中间有凸起后

父与子

小男孩伸手够。再够。
他的父亲帮他拉开了公交车上蓝色的条帘
光一下子涌进来。他安静地看着。

深　夜

我在虫子里，光在灯泡里。
灯在房子里，房子在房子的外面。
关了灯，虫子是虚构的，我是多余的。

冬　日

太阳出来
花在仙人球刺尖
一朵又一朵上班了

海　棠

因为花一直在开而被忽略

细嗅也没有花香
蜜蜂也没有来提醒

仿佛它并没有带来什么
而只在悄悄地完成自己

仿佛美可以是一枝一枝长出来
安静的，不倦的，独自存在的

自然之道

我知道我不如一片落叶理解深山。
偶然和必然，轻和重，落叶从来不想这么复杂的问题。
它用“落”
这自然的姿势，和更自然的柔软。

上官婉儿 的诗

Shangguan Waner

王子山

从二叔屋后下坡
拐过窄的宽的稻田
过小溪
需要小幅度地纵身一跃
就到了王子山
那里的每个人，和我骨肉相连
想到
死后不能和他们在一起
心生悲凉
想到
节约出来的土地
能种上小麦，花生
又心生欢喜

兰溪河

绿灯亮
牵儿子手，疾步向前
突然，想起父亲在后面

回头
红灯亮
父亲退回，立于街对面
汹涌的车流
像村里的兰溪河

同一种事物

姐嘴里：喜瓜，菜市场里：丝瓜，婶娘涮锅：瓜瓤子
同一种植物
咬人狗，疯狗，二春家狗
同一条狗
八院村，九湾隔壁村，范店村
同一个村
小时候痴心妄想出村，长大后匆匆逃离，中年后经常回乡的人
同一个人

恰好的数字

四月五号泡谷种，育秧
八月二十五收割，不算晒干的日子
一百四十天，谷种变稻谷，变米，变日子
一亩水田，一千八百斤稻子，一斤一元三。
二千三百四十元，一亩田收成，
这里面包括种子钱、化肥钱、农药钱等
当然，汗水是不算在成本里的
富贵伯靠着一年级的文化水平，紧巴巴算着
养大了二个儿子
小儿子成家后，去广东打工，算工时，算加班费
在他病逝时，细算，来去最实惠车次。
凌晨五点赶到，正好落气
过完头七，赶到工厂
七天假期，不扣奖金一分

八院村记

艳子，嫁给了为她打架的黑子
二个儿子
小儿子比他爸还拧
玉儿，从广东回来
嫁给王木匠
二年后，留下一女儿，又回广东了
梅儿，带回来的女婿
和父亲相差二岁

回家，越来越少
最近一次，坐在车里的她，回头
风吹过麦田
小麦和稗草一起摇曳着

葱茏，衰老

山不高
松树，樟树，柳树，金钱树
或挺拔，或歪斜
土不肥
小麦，花生，稗草，野胡萝卜花
开了谢，谢了开
你看
走过来的惠英奶奶
在替我衰老
她旁边的水生
在替我葱茏

最珍贵的艺术品

中华艺术宫（现在的上海美术馆）
中国画，油画，版画，件件珍品
参观者仰望，拍照
孩子露出了疲惫的神情
他趴在《上海五金》的画作下，睡着了
母亲，一个有过艺术家梦想的普通妇人
坐下来，把他的头放她腿上
注视着他微微发烫的脸庞
眼神越来越明媚
仿佛找到了她此生最珍贵的艺术品

等　待

医院里，病人排队挂号
等着女中音叫自己的名字

等着医生多说一句，自己的病情
等着去检查，取报告

病晚期的她
母亲来微信了。让我接
告诉她母亲，她在洗手间，等一会儿
我帮她把假发戴正，擦面霜。
她左右照了一下镜子，拿起手机，又放下
指了指暗黑的嘴巴
拿出口红，给她涂满
她抿了二下，笑着打开了视频
母亲的等待
是那么从容

秤不离砣

大辉爹挖个坑，竹婶点颗玉米
大辉爹撒肥，竹婶浇水
大辉爹开拖拉机，竹婶坐后面
大辉爹苞谷酒半斤，竹婶也能喝个二两
竹婶看电视剧的时候，就着旁边阵阵鼾声。

伍小影 的诗

Wu Xiaoying

距 离

需要距离让我动情
就像需要一小块空地
经过它，它的的确确就在那里

或者是这样
想一些有去无回的事情好比
林教头在风雪中大步而走
四野皆白，最新鲜的雪花不断地
不断地向下落

真好啊，那么多的白
全部都在地上了
都在他身上，头顶
和他的脚背上了

妈妈教我煮鲫鱼汤

我妈在厨房里
教我煮鲫鱼汤
怎样煮得白
下午六点七点
她的秘诀是
豆腐，花椒，和一小撮桂叶
我问我妈
桂叶和桂花有什么关系

我还想问我妈
桂叶和当归又有什么关系

世界是眩晕的

我躺在吊床里
一个小孩和春风
把我摇得眩晕
一直摇到成都去到外婆家里去
仔细一看　我的妈妈也睡在
旁边　忘记要怎样苏醒过来
太激动了我们决定成为傻子

寂静无声

我的猫跳进衣柜
呼噜，呼噜呼噜呼噜，呼
睡着了，眼睛和耳朵
俱在黑夜的流动中
黑夜很安静，慢腾腾地
洗个热水澡出来
所有人就更安静了

出门的人

躲在花盆里的猫
卡住了，不能动

让太阳光一截
一截照着

等到把你照亮的时候
我就可以出门了

手里拿着橘子
剥开来，又是酸的一个

玛德莱娜小甜饼

从前
你给我打电话
麻雀停在电话线上
和你的声音一样
睡意摇晃着它

惊　奇

这天要下雪
坐在地球上的
红男绿女们
已经无数次抬起头来
等着

下午三点
一个小孩刚刚出生了
当他哭泣
世界就通过他
表达自己所有的惊奇

惊奇2

小孩小孩
你看花朵落在水里了
你看花朵长到树上去了
我摘果子给你们吃
大了红了最新鲜的果子
还在什么地方藏着
不出来
我一直在寻找
花朵和小孩把我吃掉

给你个瓜

冰了一夜的西瓜
再加上一个白天
应该冰透了
果然
连他的刀也是寒光一闪
你说
从来没有见过
这样干净利落的刀法
但是红色的西瓜汁
从盘子里流下去
滴到地板上

红烧鲈鱼还是清蒸鲈鱼

我正准备晚饭
收拾一条鲈鱼
被晚霞照了
它一跃而起
从我手中飞快地逃走
天啊，这个红烧鲈鱼
还是清蒸鲈鱼
力气好大
它一大
我显得特别小
心翼翼

西贡往事

我站起来
摸一下龙舌兰的
叶子
很宽

有一辆摩托车开过去了

木头长椅上
斜躺着一只小猫
我抱不动
等它长得
白、胖、大了
我也还是抱不动

怀孕女人肖像

从前在海里
全体波浪
翻卷又翻卷
呼吸比我更为清澈
悠长　我大大地后退一步　转过身去
心想浪花来追我吗
这很神秘　有一个最最细小的婴儿
她居然首先找到了我住的地方

空镜头

雨下个不停
下在伞外面
一个世界分离
寺庙里的金色大钟
起初空虚，过后微微颤动着
声音多么好听呀不知来去
人自己从昏睡里抬起头
很久
看到地球上每座雪山
都有老鹰像梦那样飞过

王芗远 的诗

W a n g X i a n g y u a n

简寓言

沉默的时钟
终于将圆圈划完
然而新的一圈
悄然开始。

在更深的根处
是一滴水
怎么也落不下来。

催　促

桃花开了
混沌的大地上
一支笛子
吹奏无调的音符。
于是镜子纷然欲裂，
走马观花，在山的深处
挂起一件衣裳。

而河流只自顾自
奔流，月儿将脸庞
照亮，是谁
此夜闻笛，
不寐。

爱情的声音

到河岸边我总算可以松一口气
黑暗的鸟群飞过我总算将它们遗忘。
日子高高低低不胖不瘦
灰黑的脸颊充满不屑的目光。

到河岸边我总算不用再紧张
夜晚来到时我手里拿着轻柔的纸张。
诗歌就在上面，爱情就在上面
风紧紧地吹着我瘦弱的心跳。

到河岸边我总算睡着
所有的歌曲都唱着同一个音符
而我醒来，目光空空如也
我看见的天空是一块木板盖住大地的棺材。

到河岸边我总算忘掉了一切
时钟转动而花朵便落下。
或者花朵落下而时钟便转动。

拟作，但不知道拟的什么

炙手可热的太阳
是你幸福的黄昏。
从一半是明亮的水波中
转动着过来的是一只年月的轮子。

孩子高举桑葚。
朋友不再温柔地使用湿透的谎言。
从高高的山峦上滚落了羊羔
那些风暴让我们互相凝望
那些梅花的果实让我们
让我们把信封藏好。

广场上的鸽子
衔来一半是阴暗的月亮。

哀歌，小小

每当河流灌满你轻柔的四肢
梦就浮起来，在远远的天边
小船儿歌颂着缥缈的幻境
然而一片落叶沉重了世界的心。

每当困苦的眼睛渴望久违的光明
你就前来打上迸裂的黎明
存在是一次冒险，而更多鹅群
从田野里召集你的花朵进入

无奈的停顿。

对　话

雨水沉默
在昏黄的沟渠
疯狂地行在
木制的长桥
在那些梅雨季节
你的风仍在呼号着
不同于以往的
苦闷。那些得以爱你的
那些不得以存在
因此更深地爱着的。

放　弃

许多事，我只有靠自己
生火，写诗，将生活涂上蓝色
许多事，我只能依偎灵气
将那些不得不说的话挨到遥远的未来。

但只有这一个，我的心上的美人啊
我的爱情，它不靠我完成
我愿永远永远跟随你，在一切出乎意料的
阳光和缄默不语的雨露之后

我跟随你，进入你，回到你，
在那些不得不回避的生活中
我愿意充满这些琐碎，依赖
这些不得不快乐的时刻，我将你的美貌
视为一种宣言，在我的心中
永远有比这爱情更宝贵的财富
但我只有这一个，不依靠我自己的
这唯一的一个，能让我放松下来
沉浸在这些毫无意义的、漫无目的的
充满了积蓄下来的苦痛和悲哀
但因此却让我明亮而快慰的
一次次回望，
一次次倾谈，在夜里
我们一次次的柔爱。

爱 情

晴朗的一切，悲哀的钟表
在你的手指尖走过不短的距离
而鹦鹉飞翔在遥远的梦境
它的语言你无法测得
事实上鹦鹉从未向我们学过说话这门手艺
它懂得灵魂的语言，正如万物中
最为灼热的一切一样闪耀在深奥的
明朗和厚重中。这是不可言喻的幸福
当我看到你，面庞分开空白的思绪
我的心在跳动，我第一次
如此坚信此事。正如我如此坚信
大地平坦光滑，有幸运的脚
顺着它上面的河流行走。

摄 影

多少年了
我并不轻易责备
你神秘的摄影
夜的角落
垂挂满了

金盏菊的忧伤
氛围。

一刻钟
将使你
肌肉紧缩
进入
无有
从更暗的角度看
噪点的喧杂
将成为
唯一
炫目的
冰川之盖。

回乡偶书

若是死亡曾令你匍匐，
你在夜里必想起那针尖上歌唱的
鸟儿，她在剧痛中扑打翅膀
却无力挽回自己的命运。
然而夜晚如此安静
我们几乎忘了，那火鸟
将你的手镯叼走
明明如月，不可捉摸。
在你的心里住着神圣的天使
她们交谈时你一声不吭
她们沉默时你也是寡言少语。

隐秘的歌

沉默的回廊
黑色风暴的家乡
在你心上的一枝芦花
沾染了水波
顺势进入
天空的沉默，
你的呼喊有如远方的盐晶

如此诚恳地，我坐在大地上
发呆，幸福地
荒凉如木，丰盛如草叶的
微颤。

在此生活，有如杂耍
那般动人，又那般无聊
仿佛一种心灵的慰藉
安慰了一种心灵的福祉。

在此生活，飞鸟麇集
梅花落下的时候
云层中有些东西你不可解释清楚。

让青 的诗

Rang Qing

告别一片雪花

告别一片雪花
与告别一朵玫瑰是一样的
不同的是：雪花在羽绒服上慢慢融化
而玫瑰，依然在枝头悄悄绽放

这是新年的第一场瑞雪
覆盖了街道、村庄和田野
一大早，一些虔诚的善男信女
行走在通往寺庙的小径上

他们心中都藏有一个愿望：
比如风调雨顺，比如五子登科
有的人却在默默地告别——
身后的小路，以及眼前的雪花

只是，雪花依然纷纷扬扬
只是，小路依然蜿蜒伸展

哦！又见雪花

哦！又见雪花
飞过阳台对面的高楼
飘落在游园的湖面上
一片一片地融化

静悄悄的湖面上
不见了昔日飞翔的鸥鸟
游弋的小船，和小船上传来的
孩子们稚嫩的歌声

唯有湖心岛上，身着白袍的老者
长剑闪亮，英姿飒爽
雪花飘落白袍之上
顷刻间，融为一体……

雪中亮剑。远处的天籁
在漫天雪花里飘扬

记得那时

记得那时，北方的秋意正浓
一望无尽的白桦林
林边有石滩，有溪水潺潺

我在石滩，随意捡一颗鹅卵石
我说，我要带着它
一起回故乡

然后拍一张留影——
岩石，溪流，白桦林
还有阳光照进林间的光芒

那一刻，多么美好！
看骏马奔腾，呼啸着
奔向远方

回首间：只挥一挥手
你和我，各有各的方向

春光里

北方的雪，仍在飞舞
南方的春意，已闹上枝头

阳光照在水杉林里
照在林中孩子们的脸上

湖上，回荡着孩子们的歌声
南归的小鸟从湖面掠过
阳光下，起伏的双桨
荡起层层银色的涟漪

我在湖边，沐浴一缕缕春光
春光里，看朵朵蜡梅
争相绽放。却不能忍心

折梅花一枝，藏在花瓶里
你说，不可辜负了
这大好的时光

那一朵雪花

那一朵雪花
在北京，在延庆，在张家口的
每个角落里，飞扬

每一朵雪花，都是一只火炬
在每个角落里
燃烧着，闪耀天空

每一朵雪花，都是一盏星灯
在每个角落里
照亮你，温暖我……

这每一朵雪花啊
都是一个默默的志愿者
在北京，在中国——

拥抱你和我。呼唤着
一起向未来

老照片

一张老照片，青春如许
在一本“商籁体”诗律的旧书里
那时读勃朗宁夫人，读莎士比亚
深夜里，写一首首十四行情诗

周末背上绿色的画夹
老旧的自行车支起临时画架
画淦水河畔苍翠的竹林
画竹林里红衣少女装扮的风景

然后我们绕过校园的花丛
沿着花园背后的小径
一起走过布满荆棘的山坡
一起登上凤凰山顶

那时候，我们青春如许
却要欣赏夕阳的绚丽

车过桃园

汽车在乡间公路上驶过
缕缕花香扑面而来

路旁的桃园里
满园的桃花竞相开放

桃园的小径上，游人穿行其间
笑声夹着花香飘向远方

停下车，走进桃园深处
朵朵桃花，都是你青春的脸庞

那一年，桃花树下
我把你留在了春天的镜头里

然后我们牵手走过林间的小路
把满树的桃花数了又数……

而今我折下一枝桃花
问了又问：你可为谁怒放？

张岩松 的诗

Zhang Yansong

骑行后的停车

“如此不恨”，共享单车
停在桥头
看着河流赶着水花前行
一只鞋搭便车，要把
水的颠波叙说
一个人，一只猪腿
很容易傍着桥
共同学习没有知识的真
诚，我要在静中
休息，这样子
保持下去，远比骑行
撞破几道空中的鸟
飞出的弧线，使它击落
垃圾的狼藉，轻易撒在桥上面
单车的圆润模仿桥墩

只是，春天，人也发芽
一个动作反复做
往身上喷无理、无助的
清水
你可知这叫岁月
这个词的装卸方式

诗之八

——记詹用伦

一个地方有框子，比如
詹局的白湖
大框子套小框子
油菜花的香气腾空
让鸟钻几个洞
接着缝合
花儿都带着线头
总的来讲，你拿着对讲机
框子边缘有一辆推倒的自行车
寓意为
一袋散装的土豆片
压碎
铺在某对夫妻滴滴答答的生活里
崎岖，这里是统称

一二三

我是地球的果冻
值得一次摆放
架子是剔过肉的楼梯
鱼刺上的空格
用商标表示明确的透明状
鱼刺让胶擒住，屈从
和干涸的河床固定的形状相匹配
写有夹层烧饼的投靠
“我怎么了”
36.3度不属于融化的沸点
树叫一声后
滋溜出粪印
和我一起铺开
“汤汁怎么样”？
会固执，我在里面准确地投宿
鼻子无计可施地鼓什么？

蛤蟆镜

“叽叽咕咕叽溜叽溜”，在一个脸的池塘里叫唤，水浑了
这一次，我像一个虫子
在她舌头的弹射里
一点距离
一个眼睛装上玻璃的蛤蟆
在讲阿拉伯语、日语、中文
把一个大水塘拆成无数个碎屑
在海滩的女人脸上挂时髦大街的旗子
蛤蟆仅借两只呆眼
蛙跳不借
人忸怩的步子
把蛤蟆的眼扔进自己的眼睛上
让恋爱像虫子一样在身上到处爬
直到被太阳晒成干肉脯
这时，起了一个机械的名字
呜噜呜噜，是土著语
女人叫拐弯
只看见尾声里的眼镜腿

路　标

在标识的牌子旁
周围是无名无姓的路的腐尸
我，踩着路，人成为路标
在秋夜，仰望螳螂腿上的露珠
弓着，欲滴
这是旷野的泪
慢慢地带着橡皮筋，落下又拉起
它斜飞，或直接冲上植物
我就泡在这一小滴滋润中
为它咽口水
彩色的翅膀张开很容易抛入荒地
这里没有饭店的酒，也没有嗓子
让文字丢失吧
任何故意的名字
都挂在晨曦的眼睑

杀　雪

鱼不出名
掏鱼肚腩的人
有几种玩法
在鱼档的桌子上操持
剪下的鳍有天生臭烘烘的皮肤
在绷直在滴答
一盆“窝囊”凹下去
泄露棉花状烂泥状的模样
反复地
把鱼零碎扔进桶里
杂碎在中间融化
鱼触到叫不出名字的鱼
桶里的血是一块揉皱的湿毛巾
雪花互相避让着下来
有刹车　轻推　故意慢慢飘
经过一番思虑后
崩溃在鱼骨头上

周簌 的诗

Zhou Su

凡是美的皆可入杯一饮

山岚中辗转着陡峭的光斑
轻纱下山脊隐约的弧线之美
昨夜宿醉，吐息间酒精已完成了
一次春天的自燃，木姜子的嫩黄缀满南山
岩壁下的一棵罗汉松，选择孤独终老
它的皱褶里，收集了多年的惊雷
开着白色碎花的野草，是三十多年前
小背篓里的雀舌草，多么微小的雀舌！
发出一阵嘹亮尖锐的呼哨
在春天，我是个欢喜得几近破碎的人
从今往后，我只饮用美景
凡是美的皆可入杯一饮
赣江上的渔船，缓缓驶离岸边
徒剩我一人立在半山，举着空樽
满眼深眷，欲走还留兀自意难平

漩　涡

白色和烤蓝，分割着三月的天空
迷狂金黄的油菜花，是春天的自然遗产
从那长长田埂上燃烧时
她们的颜色未免过于金黄
她们的热欲，令人炫目而无望
一块块错落码放的松糕，放入空盘中
端了过来——

每一朵香气里都有蜜蜂幽居，逗弄并啜饮
着春天里的第一滴蜜汁
从没有丝毫疲倦的田野撤离
我的灵魂里升起一种异样的
衔尾蛇般的漩涡

斑鸠调

琥珀色的鸣叫，一声声圆润的破残
从早晨绿色的树梢，跌落
听见和经过它时，感到一种莫名的快乐
——浆果的色彩
经过田野时庄稼的光焰
高居于群峰的凝视与瞻望

阳光荡开她的衣襟，加入春蓼的调情
让村庄属于始居者的后代
让她满脸皱纹的母亲
归于青涩，开鸭跖草深蓝色小花
隐隐有一种悲怆
我的村庄，在琥珀色的鸣叫中被看见

白鹇记

灰蓝的苔藓，趴在滴水的岩石边
几只白鹇，优雅地踮着淡红色脚脖
拖曳着白色长尾裙
散落清晨的水洼边饮水

当我停驻在深山老林窄路上
屏住呼吸，我就已经打扰到了她们
那些翅膀纷纷打开，起飞的顷刻
两翅幽微的序列

如空气中快速变动的波浪的弧线
白鹇飞入林中，一边引颈欢鸣
一边向林深处踱步，最后踪迹全无

青绿的阔叶林，在雾气中能拧出水
昨晚一场夜雨，渗进了春天的叶脉
挡住视线的山峦，还在弯曲奔跑

恍惚间，我忘了自己
一清早出山，是为了什么？
哦，是为了返回山门看那一株梅花

天空痴迷者

无论天气好坏，我总喜欢抬头凝视天空
先是一匹流云，再是霞光涌现
最后夜幕还未降临，冷月就升了上来
更多的时候，天空是灰青色阴郁图像
空无一物。当我凝视天空时
我想与在世间走失的朋友亲人
或者二十年前的自己，目光相对
我是一个天空痴迷者
更多的时候，我什么也没想
像天空下一张静默的白纸
等待头顶更大的一张，将我覆盖或裹紧

我有植物蓬勃的情欲

午后的阳光暖暖照彻
后南山欢荡的鸟鸣
擦过荒野上的，一大片白色鬼针花丛
倾颓了一侧的土屋，已没入灌木与野草中
朴树弯曲的青色枝丫间，几粒红果实
是昼夜熬红的、渴望的眼
野葛藤在颓墙一侧，蓬乱着头
竹架上的蛾眉豆，揣着几朵小紫花
立冬后的南山，仿若还停留在夏天
不用惊讶，在初冬的南方
我也有着，一株植物夏天的体温
我也有着植物蓬勃的情欲，把尘世爱了又爱

写给父亲

隔着雾，父亲，父亲肩上的犁耙
和一头水牛，缓慢地在田间小路移动
琥珀色的朝霞，映照在
老鹳草的齿状叶片上
当太阳光，闪现于田垄翻耕的阵痛
我提着一锡壶清粥，踩着窄窄的田埂
摇晃如绳索上的一只蚂蚱
父亲喝住了牛，杵在水田中向我挥了挥手
苜蓿花涨满田野，我的父亲正渐渐老去
父亲的赶牛鞭，还在旷野空空地挥舞
我知道他爱我，与我爱他一样
一种未经开口，便沉寂于心底的爱

处方笺

面前一张空白的处方笺

我写下：相思子
一群野孩子在春塬在奔跑
微醺的春风中，乱花在飞——

我写下：三月桃
早开的桃花，如三粒耳骨
是我们身体最轻最小的骨头

我写下：紫香堇
长满悬钩子的山坡上，星星涌动
一架废弃的铁轨，延伸至孤独深处

山刺 的诗

Shan Ci

我不是一个纯粹的人

允许被他们怂恿，蓄长发，披长衫。我不是
一个纯粹的人，不可随便扣我
一顶桂冠。现在正是狩猎好时节
家人担心受穷，怕我去做诗人
一个冷热分不清的
写了那么多赞美江河的诗，却无力
拯救一条越来越瘦小的溪流。他们
饮酒，吟诗，吹笙，放歌，我得
趁天黑前，往回赶
去听树上长尾鹊最后的歌吟，去宽慰
路边苦等秀才归来的娘子
听风吹拂故乡。请苍天
播撒更多的良辰美景
摁我的
狭隘，苦难，白骨，于桂溪河

杨柳岸

春天还是孕期，那些花蕾
还在它肚里苦苦忍着，一些

真英雄就在用命换江山。落魄的我
捂着偏头痛，挑灯

读上一首好词，用纸上的

悖谬，救赎美人。杀一杀

腐朽之身，做一个情色的
宋朝词人柳永。躲开

罪恶人间，在蒲松龄笔下描述的黑夜
挥霍那么丁点欢悦，让荒诞

好好侍候孤魂野鬼。天亮后
请光明一再光明
使一切放浪的形骸，无处藏身

爱情已泛滥成灾

我在江山热闹，尘世喧嚣之时
隐姓埋名。用一朵朵梨花
举起一面面白色的旗帜
自己和自己
来一场别离。在另一个世界
让火焰一窜再窜，沸腾
心中那一片春池。摘千朵玫瑰
虚构一场盛大的庆典
当那些情人恋人爱人
涌向寺庙醍醐灌顶之日
恰好是你我摁住邪念
各生欢喜之时

为了懂你

无数次重温李清照、杜甫、李白
走进柳永。学会看风水
让相思追赶日月，在暴风雨中
提炼诗句。重读《十万个为什么》《百年孤独》《活着》
学会观天时，地理，人和
让灵魂下地狱捶打，让梦飞天，寻觅快乐
用心去感悟，劫后余生的苦难和幸福
撞百次和千万次
南墙，就为峰回路转那一次

为懂你，我让视线穿过眼帘窄窄的缝隙
去浩瀚的天路跋涉。让心灵之鼓
擂响山岳之心房。希冀闪电擦亮你的寒夜
为懂你，我已将迷茫，眩晕，悔恨，疼痛
……吞进肚里。弯腰同一切对话，让
少年，青年，中年，老年
同爱情、亲情，白头偕老

情人节，请换一个人间

事实上，那样的江湖
早已危机四伏
爱，已裹半身尘土

九头牛也拉不回蝴蝶与风私奔
海誓山盟千年，柔情似水万载
都是哄人的。彼此苦不堪言

换个人间多好呵。放下
爱之利刃，游历四方。今天
恩怨已泯，再无话说

拒神仙于天边。静坐
高山流水处。听鸟鸣，看云舞
独爱，颓败

无月之夜写光明之诗

神说，许多光明的事物
隐藏在黑暗中
我就在黑暗里，常常
遥望你。一首接一首写光明之诗

这个月黑之夜，伸手不见五指
但依然看得见你——
自带光芒。你这永不消逝的电波
你这一万个
太阳中须唱亮的那一个

我为给你写一首真正的光明之诗
而喜泣。为自己怀念
升起时的欢愉而喜泣。为自己
呼唤后浪漫时的虚幻
而喜泣。为今夜的
醉如泥而喜泣

桃花一生爱情不死

它们开在三月
命好。一生爱情不死，一生
被人宠爱：为它们
吟诗的作赋的歌唱的绘画的，那么多

它们衣着光鲜进了万千家门
而生在三月的我，一生竟无缘美人
少年时偶遇的桃花运，后来变成桃花劫
那时弄得死去活来。伤痛
一生。从此不愿再碰

今天养眼于这些
万紫千红的爱情中，懒懒地
晒着太阳。干酒。品茗。发呆。养神
件件都是幸福之事。觉得
前半生那些苦难，只算是一些鸡毛蒜皮的事
唯有父母生我在三月，才是
我一生真正的大事

太阳依旧暖暖的

初冬的西山坡的寒风
一定让你浑身冰凉
你的孤寂我们都知道。今天
我又驱车近5个小时陪母亲来看你
给你送来了过冬的食物
带了好多钱，供你烟酒之需

我们无法抵达你黑暗的室内
就在外面给你说说话。去年你走时
在那边聘的小翠保姆对你好么？
母亲身体尚好，偶尔头痛脑热
下个月就是她91岁的生日了
儿孙们挣钱不多，够生活
重孙们长得乖，你可放宽心

外面的世界纷争不断，继续热闹
该闹的该吹的，继续在闹在吹
人间病得很重：
活着的人艰难地活。但太阳
依旧暖暖地照着尘世

这个冬天，希望多一些暖阳

这最后的季节，时日不多了
一些落叶已裸出刃
一些微风已露出锋
一些飘柔的雨，也展现出傲骨

今天太阳高照
温暖浸入骨髓。这种时刻
正适合我发呆和瞌睡

此时，我不关心南方和北方
不等佳人。只做懒惰之人
背靠黄桷树，搜括一些旧词
赞美那些闷声不响的
牛、羊、鸟、家禽，还有在
月寒风高时，空听过的
那一洼流水

这一生，见过几场腥风血雨
见过一些呼呼的刀枪剑戟
就是没有勇气杀富济贫
只同沉默的石头，做了一回兄弟
这也正是
我一生最不愿提及的

余贺 的诗

Yu He

表示法则

——给徐昂

把一瓶矿泉水递给
一只猴子
它要多久才能将其打开？
我的孤独就是这样。

有次我试着把它
画成正方形
用了三张半白纸

罐　头

如果非要纠结。

我家那只绝育的橘猫
一辈子
只想吃一口沙丁鱼。

我比它还要难过
因为沙丁鱼
被装在罐头里
而且它们不来自同一个海洋。

独居动物

有些女孩嘲笑他
他就养塘鹅来安慰自己。

每有大事发生
他就会在农场里
养一只新的动物

这里的鹦鹉
不爱学人说话，
自言自语。

观察日记

如何度过一个夜晚？

我试着观察
马站着睡觉，蝙蝠倒挂
鸮喜欢睁着一只眼睛。

有天，我一直
在纸上写自己的名字
然后划掉。

挖

躺在床上，这种不适感。
所以。我要挖：用我的食指。

是。从一个洞开始
一直一直
最后总会挖到宇宙的一小块

你总是问我："你在做什么？"
"我是麦哲伦。"我一边挖，一边回答。

隐喻之屋

我更喜欢众所周知的事。
例如，屋子里
至少有一个角落。

女友从卧室走出来，走向
另一个房间。过了一会
她来到我面前，让我抱一抱她。

也许一间屋子的隐喻不是最好的
我想要的
可能只是一个角落
在桌子的位置上，放上一张桌子。

抱她的时候，我突然
想试试单脚站立。

内部结构

小时候我喜欢拆遥控器。那时候
我好奇一切的内部结构，像

拆遥控器那样，拆掉能拆掉的一切。
“彩电、空调、电脑、手机。”
（但冰箱一直是个难题）现在

我总是想拆掉家里的门，以此
得到一个没有边际的四周。

失重感

坐摩天轮不如试试大摆锤，这可能有助于
你更好地理解主与客的关系。
（毕竟就算到了摩天轮
最高点的时候，你也不会有什么失控感。
甚至有给你心爱的女孩表白的想法。
要是她碰巧也在。）

而坐上大摆锤的时候就不一样了。那些
意料之外的活动往往会让你
心脏突然空一拍，连喊叫都忘记。

这就像三年级时你坐在教室，老师突然
抱着一沓卷子走进班里。你甚至都忘记这是
什么时候考的卷子了，她就要开始一张张地发
喊到名字的同学上去领。
你的卷子被压在那沓卷子的最下面。
大摆锤越荡越高。你逐渐发现你坐在最靠外的位置。

但失重并非罕见病状，治疗也很简单。
沿着三角板把你的左手无名指
和右手食指用虚线连接起来。
就像你小时候躺在乡间小屋的楼顶上
对两颗星星做的那样。

赋能演讲

听完一场赋能演讲之后，他摩拳擦掌，反复念叨
着演讲上的那些“至理名言”，半天睡不着觉。

“总体的”是一种甜腻腻的表述，这会让你惊讶于
居然有这么多事都与自己有关。是吗？例证道：
车头的动作是需要一段时间才能传到最后一节车厢的。
“因此，不许使用一次性塑料袋。”这是他总结的结果
同时还夺走了我的塑料袋。我只好把垃圾丢到
没有套垃圾袋的垃圾桶里，“要避免车头的摆动”
（这听起来居然如此正常）

想到作为一个整体，要是他看到我听演讲时
摇头晃脑、哈欠连天的样子
说不定还要打我一顿。我也睡不着了。

陈桥 的诗

Chen Qiao

巴别塔

原本无人可以涉足的高架上
出现了采石场的巨石
一颗巨大的头
在同比例的黑夜里
落到井底
我们不被允许
去报道那些劳工
大型机器发出裹着锈斑的轰鸣
更加肆虐的噪音来自灰尘
主要在早上
还没有谁下达指令
每个人只需要
为蔓延着的恐惧
穿上隐形罩衣

妈妈，有一件事情

这个月
外婆走了
一个人
在养老院
因为生病
我没有代表你去告别
你是五个女儿里的第三个
我本来应该站在中间

我只想着
现在和我一样
你也没有妈妈了
我只想着
这个消息
是新的
悲伤的
让我可以更多地靠近你
更多地感受你
更多地回忆自己
那些没有你
什么都没有的日子
妈妈
我还想告诉你
这新的悲伤
会渐渐淡去
不用担心

小　区

一只狗
从一个方向
跑过来
看我
找我的眼睛
我站定了
以认真的目光
回应
久了
不知下一步
就别开头
再回头时
一个影子代替它
太阳
一下子没了
影子变成孩子
成群
等我转过身
太阳

又出来了
河的影子碎在地上
蠕动
我也是蠕动
或影子的
一种
也是这片古森林
需要忍受的
一种

被复活的人

那些活了很久
等待很久的人
是如何伸手开门
白影子晃动
被通知
要去白屋子

那是一条很慢很慢的路
是在哪一次颠簸中察觉
是那久等不来的人?
又在哪一下模糊的声响里忘记
这是那很长呼吸的哪一段
是被抽离的吮吸
被拔去的透明管
是被盖住眼睛的黑布
还是被告知这条路
还要继续
阴和阳
摇摆不定
好像身体
时而洁净时而破碎
捂不住气味

于小斜 的诗

Yu Xiaoxie

热气腾腾的食物与凉丝丝的梅子酒

看着食物煮开
冒着泡
热气升腾
辣白菜上的辣椒散开来
沾到豆腐上
豆腐很难完整地夹起
在梅子酒里的冰消融之前
穿白衬衣的年轻人
偶尔看过来

喝了两种酒
清酒与梅子酒
好几次
暗绿色的梅子
滚到嘴边

阴暗与沉静

洗净山药上的土
用砍刀宰一只南瓜
南瓜的颜色真好看
橙红中
含着一些黄色
如果在阳光下
它会显得很明亮吧？

雨天使女人
和食物
失去了光芒
她们阴暗
她们沉静

活到深处

一个人
无数次幻想着
报复他的叔叔
年里他回到老家见到了
这个叔叔
大概是说了一些关怀的话
又或者叔叔已经成为
年迈孱弱的人
恨，化掉了
像所有的
活到深处

不知名的电影

黄昏之后
入夜的前夕
海和天都很深重
两个人在海中游弋
两双胳膊
齐齐地划破海水
听不见声音
我戴着耳麦
只是刚好走到电视机前
远处黝黑的海岛起伏和缓
能看到夜幕里的云
云也是深重的
月光被遮住
又有丝丝的亮渗透出来

我站着
觉得余生
都会记住

电　影

横的诗里提到“瓦尔特”
我相信
六七十年代的人都知道这部电影
还有《桥》
是的我都
记得
包括一个人倒下
钟声响起
一群鸽子飞向天空
据说
这种手法叫“蒙太奇”

有一天我站在房间里
没由来地唱起
“啦呀啦”
《追捕》里的插曲
真由美骑着一匹马
三十多年后
我才知道
她有多美！

生　日

床上有皮屑
那些死掉的皮肤组织
不留意是看不到的
阳光照在床上
也照着被子上的皱褶
明明暗暗
像起伏的山峦
刚好人生过半
能收到一束鲜花

在这一天的
下午

岁月静好

宋代的佛像真的很美
面容安详
后来看到的不知道是什么朝代的
一样美
一样安详
岁月静好
挺适合佛像的

春　风

春分这一天
天气明显变暖
风很大
站在滚梯上出地铁
看见前面的人
每一个
都有被风
吹动的地方

黄郑洁 的诗

Huang Zhengjie

弟弟的大滑摔

——给张静怡

这是一种奇妙的感情
仅仅因为你的弟弟。
他欢快、左摇右晃地奔跑
吃饭饭时有节奏地拍打他的小桌面
突然来一个大滑摔……

喜欢是相似的，不仅是你我。
我回到了八年前
也有一样的大滑摔（哈哈哈）
你在喜悦之中
未来的喜悦会同样充盈。

现在你是姐姐，我是哥哥。

简单生长

——给李思敏

起床后，这种感觉不同于往日
无端心酸，也想不起来
到底因为什么，噢
昨晚梦见你了

很匆忙地相遇，你和我

有了意想不到的变化
竟然也不是长胖或变老
我问你为什么脸红
你递给我几个蔬菜
我伸出相反的手

它们终于开始滚动，从你的手心
到我的，过去的距离很短
现在都待在我的手上，相顾无言
我吃了一个，然后你就走了
像是假的，只留下我

我固执地留下它们
打算去种，相信会开花、结果
吃了之后会脸红
不怀念，难生根
跟着它们一起生长

异地划水

——给黄琬婷

下了一场雨
楼下，水位在上升
有些地方的绿化带已被淹没。
马路成了小河。

这是休息的一天
又是吵闹、忙碌的一天。
我们在各自的房间里
看他们脱鞋
缓缓移到水中心。
观看他们兴奋的表情，张扬的动作。
河水越来越深
他们不得不划起来
我们接着欣赏他们划水的自在。

这是凉爽又轻松的一天。

林中骑行

——给金诚、杨洋

这儿你从未来过
因此需要导航
它把你带上一条山路
理由是这条路更近一些

当你告诉我正在林中骑行
我想起那儿曾出现过兔子
它被一条乖巧的老狗逮住
然后成了一盘美味
有一只破坏粮食的野猪被夹子夹住
后来被腌制，挂上了房梁

太阳把小路照耀得无比空旷
我们看见你从远处闪来
如一只雪白的兔子在胃中奔跑
我们好久不见
完整的一天中有两次杯盘狼藉

当你离开此地
重新经过树林
此刻的我们又会与昨晚重合
除非你返回到这里

比目鱼

——给刘锦芮

你说你给我织了一条围巾
在它成为礼物的过程中
你告诉我织到哪了织到哪了
告诉我线头懒得藏了，就这样露着吧
在离开的前几天
你骑着一辆自行车来找我
我看着你从包里拿出一条
拥有着注意力和指纹的围巾
晚上你又告诉我，从这儿拿到那儿

可能有点脏了，要洗一洗，最好用手洗
然后你就去了西安
我偶尔想起这条围巾，感觉就像
每次想到名字很浪漫的比目鱼
你的一段时光待在上面
要等到冬天才会取出来

听雨图

过去，下雨天是一个很好的隐喻
二〇二二年四月十二日
天阴了，下雨了……

“雨天是一截明亮的骨头”
四月十二日，黄郑洁书。

菠萝熟了

菠萝忍了一个下午
现在它终于熟了。
作为一种诱人的水果
它无比得意。
菠萝大张旗鼓地离开果园。

现在菠萝熟了
这意味着，欲望得到满足
水果摊上将多出
一只厚厚的玻璃缸
孩子们的梦里会拥有甜蜜的气味。

菠萝的夏天非常短暂
菠萝毛刺说，但它一直在学习
如何在水中逼出自己讨人厌的那部分。
只是因为菠萝熟了。

匆匆地

又经过这片油菜
栅栏里的，清晖下的
失去光泽，也更冷清
每晚只是急匆匆地经过
今夜我仍在病中

晃见成堆收割的菜籽
老人动作迟缓
将作物们收束在一起
而以南三十多公里的小村庄
另一位老人在收割回家后
晚饭时，脑出血
（药师琉璃光如来）

过完五一又过五四
明月在上
劳动人民匆忙，新青年匆忙
二十二点三十分，我匆忙

生长日

春夏之交，与我无关
阳光照耀在小花园
那三小块灌木空地
恰好有三种不同颜色的花
可惜只认识玫瑰
我的小花园，大部分已经枯萎
每天早晚我观赏她
她们观赏我，这仅剩的生长日
那短发女生打乱了节奏
我退进身后的二楼，落地窗前
从背后看去，她像我每一位朋友
“大风吹来摇摇摆
小风吹来就摆摆地摇”
几株折断的白花提醒我
好景不长，伤心趁早
干边玫瑰提醒我是带病之身

昨日俱寒，今天头晕
在这仅剩的生长日
在她们面前
喜欢无可挑剔
烦恼即菩提

陈素凡 的诗

Chen Sufan

生命与生命

将花种握在手里
很久，很久
会不会穿破手掌

未被注意的

戴上隔音耳塞
听不见车流声了
我听见自己
深长的呼吸

心脏的声音听起来像秒针
但比秒针稍快
像一座着急的钟
往左侧躺
仍能感到跳动的力气
像一记记拳
没日没夜地捶打在
柔软的胸膛

来　处

我来到世上
是出于自愿

喜欢落叶、残荷，喜欢刚好穿长袖的天气
所以在十月出生
喜欢天鹅、胡杨，喜欢吃香梨
所以在库尔勒出生
没想到，喜欢的事物，还会不断增加

我来到世上
真的是出于自愿
知道有苦难和死亡，我才来的
无力拯救的时候
就和受难者站在一起

手术后

柔弱的野花
傍晚的灯火
还有地平线
为了报答这双眼睛
所有美的事物
我都要看好久

书店幻想曲

你找什么？
张爱玲的小说。
在这边。
还有其他人的，你慢慢挑。

悄悄地把对话
翻译了我的语言——

你找哪位？
找张爱玲。
在这边。
喏，沈从文、鲁迅也在，
你们慢慢聊。

小夜曲

总能在众多雨滴中
分辨出木鱼声
我知道，那也是雨

睡不着，我就想象出一个
雨中打坐的人——
他才出家不久，还有很多牵挂
你听，雨急一点，他就乱了方寸

捞石记

干潭溪好薄，石头好多
捡起一块，很容易注入想象
注入了想象，就会想带走

有的石头生活在水里
离开了水，就不好看了，只好放生

黑色塑料袋里，装着两栖的石头
他们以为我捞到了大鱼

北斗七星在我家庭院

昨晚才知道
北斗七星，就在我家庭院
勺柄指向东南
今晚再去看
勺柄指向了东北
这就是斗转星移吗？
噢，我的庭院
只有一条旧沙发，一盆葱
现在居然私藏着
北斗七星
——这么大的秘密
如何藏得住

蜗　牛

雨后，在花园散步的
其实不止我们。
第一圈
遇见一只大蜗牛
差点踩到
走到第二圈
蜗牛已经碎了
像一个纸皮核桃
第三圈
看见前面的人
给死去的蜗牛让路

硬　币

做不做心脏移植手术
王剑辉，把六十三岁母亲的命
交给了硬币

硬币有了体温
抛了两次，都是正面朝上

蒲公英

五月，蒲公英飞进教室
你伸手去捉
停在前桌衣领上的，你不捉
怕触到他的脖子

野薏苡

上次摘来野薏苡，做手链
妹妹们看了也想要
带她们去找
日西河附近没有，犀牛湾附近也没有

从荒草中出来
裤腿上沾满了鬼针草

最小的妹妹举着一支芭茅
走在前面
唱着——
今天一无所获，一无所获

初冬记

看中文系的毕业论文答辩
听不太懂，从后门离开
去图书馆看书
闭馆了，出校门，过马路
去天门小区荡秋千
我的粉红棉衣太厚了
一个人走在路上
仿佛陷入了拥抱

骆芳 的诗

Luo Fang

失眠记

熄灯以后
智能开关的指示灯
像一只蓝色萤火
伸手去捉

但秀峰街
只有洗麻将的声音
像石谷寨的小溪流

离别歌

坐在桌前削苹果
从来不敢保证，不出意外
无论是自己，还是那颗苹果

台灯光线和北半球的阳光
都愈来愈虚弱

我推开杏园的铁门
樱花路段的樱花
在立冬忽然出现

当柜子上少了一双白鞋
我就明白你已经远行

三井村

枯井里飞出一只只萤火

村子中央
那口老井
大伯在洗西瓜
小牛，在扇尾巴

月亮是天上的井口
星星是洒出来的水

母亲的来信

在异乡
不敢读第二遍
里面是一个女人的
思念、敏感、悲哀
自我怀疑、愤恨，和孤独
不能再读第二遍
我已继承了她的孤独
自我怀疑、悲哀、敏感，
和思念。

再读，一只白蝴蝶从白云下经过
都会使人心悸；
再读，就会搭上火车
回到故乡，成为第二个母亲。

做客记

小邹请我去喝
她煲的排骨汤

在超市买了一瓶白酒
一步一步爬上楼梯
到顶楼，敲门

是香喷喷、热气腾腾
玉米味的小邹呀

爷爷的植物王国

他诚实地爱着他的土地
耕土，播种，浇水，施肥
早出，晚归，顺应天地时辰
凡我认识的谷物
稻米、花生、烟草、芝麻
他都拥有
甚至在黄瓜藤旁
还栽着两排小草莓

像奶奶织围巾那样
春天，他为后院编织竹篱笆

传　承

幻想一个
像父亲一样的伴侣
是一个整日和
水泥、木头、油漆、钢铁
混在一起的工匠

他用钉子和锤子奏乐
用油漆作画
用木头刻诗
用水泥
把我的害怕
拦在一堵结实的围墙背后

解决烦恼的办法

每当我心烦
我就在稿纸上写字

在数学公式、鬼画符、英文符号里
写下一个又一个秘密。

在别人翻看稿纸前
早早撕下那页
用来垫泡面碗

最大的心事
只有校园西边的垃圾箱知道

等电话

他在院前抽烟
雨天时
会多抽一根
在饭前温酒
酒里，加半勺糖
酒喝了半杯，夕阳下山
等的电话还不来
他对他的狗踢了一脚

你在这座城市吗

走在一中校道
身后传来运球声
我没有回头

也许不回头
就能回到高中
单听脚步声
就能辨别一个人的日子

搭上长沙地铁2号线
身后传来说话声
那人的心跳声，像那天的运球声
直到下车，我也没有回头

谢珊瑚 的诗

Xie Shanhu

什么是爱

我问爸爸
什么是爱
爸爸说
就像以后
我不会让你
去嫁给一个什么都没有的男人

我问妈妈
什么是爱
妈妈说
就像以前
你爸什么都没有
我还是愿意嫁给他

冰箱爱情

冰箱里装着动物和植物的尸体
也许死后才是真正的平等
26 元一斤的猪肉和 2 元一斤的大白菜
终于躺在了一起
即使隔着塑料袋

再过几个小时
悲壮的爱情故事
就在一锅猪肉白菜炖粉条里结束

下　雨

雨是最不讲道理的
它想下就下
不管时间，不论地点
越下越起劲
越下越过瘾
有人等雨伞
有人等雨停

数鸭子

就像电影里的长镜头
白色的轿车开始急刹
女人的裙子和长发
都在半空中凝固
刚买的一袋橘子掉在地上
慢慢朝四周滚去

草地上在玩耍的男孩女孩
好奇地抬头望去
在长椅上打盹的老伯和狗被惊醒
他们照到了阳光
也看到了毁灭
公园里旋转木马的音乐声
依旧在播放着《数鸭子》

酥　脆

好喜欢那种
酥酥脆脆的东西
煎饼果子里的薄脆
甜筒冰淇淋下面的壳
炸鸡外面的脆皮
还有薯片和饼干
以及和你在一起
被掰碎的对白

有时候

有时候想离家出走
但又害怕
妈妈急得掉眼泪

有时候想结婚
但又担心
来祝贺的朋友凑不满一桌

有时候也想收到很多花
但又觉得
这辈子总会收到一次
在坟头

留守儿童

留守儿童这个词
从知道它的意思起
就给我烙上了自卑的印记

没人在放学时
接过我肩上的书包
也没人知道
我最不愿意听
《世上只有妈妈好》

后来也没有摆脱掉“留守”
只摆脱掉了“儿童”

我和手机

我患有电量不足恐惧症
手机电量低于 50%的时候开始发作
找到电源后得到缓解

我的手机常年静音

屏幕贴的是防窥膜
各种软件都设置了
不同的密码

死后带它一起火化
知道的秘密太多
必须灭口

范剑鸣 的诗

Fan Jianming

如果我们在仰华山雅集

我曾经以自己的方式热爱这片土地
像一盏渔火，一株稻子，一只运送种子的
松鼠——我熟悉那些风的足迹
跑过了背道而驰的学校和寺庙。如果我们
在仰华山之巅雅集，像城池中的某次灯火
我会告诉你梅江边的天空和屋顶
在小镇的西头互相顾盼，神童的传说
擦亮了土屋的窗棂。我将以自己的言辞
谈及地域对艺术的恩惠，像一个孩子
曾经在集市上焦急地寻找自己的父亲
如果在望江亭驻足远眺，就像那些错落的
杉树、松树、桉树，必能追随大江
奔跑成一匹天马，或安静成一部典籍

西海湾叙事

西边有美好的去处。庐山悠远
西边有一只所有人的渡船
就泊在码头——

有一段史诗在打鼓歌中隐藏
有一段诗人的爱情
在水边的采茶戏中发亮

等待，是为了更宽阔的水面
闸门之内，容纳熟悉的人
也容纳陌生的前行者

“活着不是为了看见。而是
为了奇迹”——丁令威留下了神鹤
终点的复桥，如此绝伦

大地的叙事自成章法
迷人的风情起承转合
匠心在虚实之间，熟悉而又陌生

西边有美好的去处。庐山悠远
西边的河湾，承载着人间的漂移
等着你出发，等着你抵达——

打鼓歌

劳作的腰背上，太阳越走越慢
汗腺是口深井。仅有的欢欣
来自鼓声——

群山和土地，被先祖的骨头
敲得越来越沉重。需要再欢快一些
让收获够到幸福之门

打鼓的人，节奏再快一些
把肉体掏空
是为了让光阴更充实

汗水连绵，子息繁衍
七上八下的鼓声，让时节加速
农历已敲成了公历

谁是那个坐下来听鼓的人？是谁
用爱的情节
把短歌写成了长歌——

在幽暗的岁月中，打鼓的人

最终拿起了笔
为劳动和史记，注入新的节奏

去武夷山西麓朗诵

我曾一次次走进那片东边的群山
在苍莽中领略大地庄严
所有的奔赴，都为了记住人间的美
漫山的茶，鹰翅下旋转的峰峦
冰雪拗断的青松，一切的造化和神秀
在催促脚步，带来激荡和安心
高天之下，有太多的事物值得歌咏
正如灵魂也需要活跃的创造
我曾把它们安放纸上，带往赣西群山中
向一位牺牲的革命者致敬
但更多是沉默，像清明的雨丝
仿佛所有的日子都为了今天
布谷安排了歌唱，人间安排了盛会
是时候了，让群山再次听见人类的声音
像望岳的青年，站成诗神的样子

德里纳河畔

流水在灌木丛中穿越。德里纳河安静下来
它曾经是中心。但现在它成了边界
远道而来的汉德克坐在河边，苦苦思索
就像他的前辈伊沃·安德里奇
“似乎每一个人都在解体。”他试图
从大地上看到正义，给撕裂的塞尔维亚
但德里纳河只交给他一封告别的信
一封南斯拉夫游击队员的遗书
德里纳河像块冰，触及棉鞋和国界
流水在分开大地，像雪花分开春天和冬天
一只鸟从灌木丛飞起，惊动冰凉的浪花
德里纳河畔，汉德克孤单而惆怅
像塞尔维亚车站的那棵大树上
他所看见的那些鸟，在寒夜中孤栖
任凭雪花飘落在它们之间

汉德克试图朝德里纳河的水面打上一串
水漂，但可惜没有找到石头——
一晃二十年过去了，德里纳河仍然是边界
更多的河流，流成汉德克脚下的德里纳
回荡着一支悲歌，被分合之谜所笼罩

河流的高音

与别处一样，河流以隆起的部位
制造歌喉。与史诗一样，声声呜咽
源于命运的落差，跌落或飞升
所有来自异乡的人，去往异乡的人
都愿意把这处河滩叫作狮背。都承认
僻远的小镇，应该豢养一头水中的
狮子。当它在清夜释放，有时
是激越的悲歌，有时是清丽的催眠曲
小镇的人们用内心的河流呼应着它
——这必然的歌唱，越是深夜
越有一颗脆弱的心，越是静寂
越是思念远方——与月光一样
滩声让小镇的悲欢离合干净明了
歌声和汗水一样多，赞美与祈祷一样多

江心洲

在忙碌的人间，停泊是审美的开端
——江河交汇，停下奔腾的步子
成为白鹭翻飞的洲岛。渔火停歇
带领出没风波的人，回到狭小港湾
我怀疑小岛制造的距离，正好抹去
生活与诗歌之间古老的敌意
洲岛时近时远，就像僧舍和书楼
有时出现，有时湮灭。站在高处看去
渔火更像河流的眼睛，唱晚的歌声
穿透夜色，一再飘过深沉的洲岛
渔火低于山寺的香火，暗于小镇的灯火
人们习惯了它若即若离，习惯了
在早晨的集市，渔火变成蹦跳的鱼

一种食物：棕榈的花穗

我们的舌苔里安放着一片故土。正如
有时候，我看到棕榈的花穗里住着
太祖母的小脚，祖父的汗巾，以及
父亲的菜刀。有时候天空漏下一点光
为赭黑的树干描绘金色的梦，于是
米粒一样的花朵，沿着刀痕的梯子升起
张开而又抱拢，像小镇的集市急于
寻找的故人。多少年了，回味的人们
还在埋头辨认，仿佛苦涩是必要的养分
被久远的炊烟含住，咀嚼，反刍

罗秋红 的诗

Luo Qiuhong

一个盲人坐在树下吃月饼

有人问他：你看见什么没有？
盲人说：我看见月亮
穿着我妈妈的衣裳，
唱着《秋天红叶随想》。
草丛里蚂蚁从垂下的果实里，
抽出上上签，迎接妈妈的到来。
茄子从辣椒虚掩的门里
偷偷爬出来，
使劲敲打当年豆架上
倒挂的收录机。
神灵在树上用绿叶的梦
复制高音上抵达
钻石台阶的那根琴弦。
辽阔的事物顺应萤火虫的光亮
找到永不言败的那根拐杖
这根拐杖正是妈妈
送给我的拐杖。

此刻，树上的绿叶
与小鸟在议论：
那个坐在树下的盲人
长得像一棵胡杨。
今晚他将成为月亮妈妈
最宠爱的孩子。

一首诗落在佛珠上

一首诗，落在一堆佛珠上
它点石成金的梦幻鳞片
会在河流的拐弯处逗留。
这时刻，只有睡莲看得见
影影绰绰的灵魂
吹响莫扎特的魔笛
蔚蓝色装饰的星空暗喻
裹着经卷迎接新生旅程
一首诗，窥见自己肉身的
斑纹，陷进时间的缝隙
而魔笛却代替睡莲，打捞
无序曲谱惊鸿一瞥的玄机

一首诗在玄机错愕节拍里
听到儿时蛙鸣变成《安魂曲》
安慰落在异乡的笨嘴拙舌的
长情告白。

几只红嘴鸥牵动的花簇

当音乐响起的时候
天空那么多羽毛落下来
谁听见羽毛落下的声音，
谁就可以看见几只红嘴鸥，
迎着潮汐，撩拨砂粒悬念。

它身体里的琴弦在云海里
建立起打击乐的亢奋
旋律踩着鹰的足迹，牵引
海浪砸飞时空阻隔的
陈词滥调。

此刻，它拥有神灵修饰的
玻璃镜子。
它红色的尖嘴，掷出神的谕旨。
潮水牵动的花簇，搅劲旧日
河床酝酿的

鱼虾蹦跳。荡起的小水花
拨动波浪之上的歌碟
叫醒离人仰望的灯盏。

张老汉雨中的样子

黄昏时分，突然下起大雨
老奶奶园子里的豆干子与雨声
惊慌了云水间的标杆。
而趴在垃圾桶边的张老汉
却与这雨声没有激情合韵
他拽紧他的蛇皮袋子
用水手的思维，安慰他
身体里的枯枝。

他张开独特想象：说不定
隔壁老王还悬在高空
安装空调机呢
说不定对门那个钓鱼的老李
在途中找不到躲雨的屋檐呢

有时候人需要在关键的时刻
张开绸缎般的想象
也需要有麻雀被掏空时，
生出许多自恋花朵
当骨骼有碎裂哭声响起，
不妨想象一下
植物缺水时的眼神
不妨把内心的羽毛
揉进景仰的图腾。

此刻，我看见张老汉
用雨中奔跑的脚步，扯断
多疑症标注的“失落感”
而一部失灵的时钟
在他头顶三尺的地方
跃动慈悲豢养的悲悯。

苇 风

着一身白衣随风起舞
总是以飞翔的姿势苦吟未来
常常被风接住，也不发脾气
总说：“有晴朗，就有风暴”
当挖掘机的嘴唇碰痛根须
总会看见“隔夜喊话的风铃”
左眼皮跳，你说：
“这是苇絮在结自己的茧。”
右眼皮跳，你说：
“这是稚嫩的新绿，在波浪上较劲。”
一阵狂风呼啸而来，
迅速坠入地面，你不喊痛。
你又说：“找到凡·高的向日葵，
我苇风也是真正的英雄。”

此刻，我看见你，
着一身白衣，美如浮世。
意念里依然举着向日葵的风铃。
而粗粝的风依然在一片
苇上等待童年的油画。

整个陈罗村白得忘乎所以

在陈罗村，一个人可以
白得忘乎所以。
思维之马在土屋土炕上
与悬挂的丝瓜，永不会
彷徨。认得盛放翅膀的
大瓦罐。
草木低头，瓜果在偏僻处
不与篱笆“争上风”
猫睡在篱笆下把慵懒吸进去
最后吐出来的全是合拢的感觉。

鸟儿的叫声与婴孩的啼哭
像雨后的彩虹，开启露珠
舌尖上的慈悲。

新鲜的草籽与瓜果紧握
祥和与安宁，
思维之马
活力无限，步入低处的
树冠，预知的酒令也
带着古韵。
一切的翅膀都在战栗中
格调统一。整个陈罗村
白得忘乎所以
地上的枯枝也显得
明媚动人

赵俊鹏 的诗

Zhao Junpeng

落日的眼神

我在山顶
用落日的眼神望着对岸的城市
高楼林立。我蜗居的楼房又老又矮
被遮住了。我看见的是落日里的壮观。
从山顶下到江滩
半截铁船戳在乱石里
船身锈掉了只剩船头
朝向江水
回想浪荡的一生。

摔碎的玻璃茶杯

在他恍惚的瞬间
玻璃茶杯
从他的手里滑下来
碎了。连同喝剩的半杯水
和泡软的茶叶
哐啷一声碎了。

破碎声让他清醒过来
冬日的阳光反照在客厅的墙上
他握着黑色的杯盖
望着相框里的老伴
像个犯错的孩子。

他仿佛听到那句耳熟的责怪：
你总是那样粗心大意。

哑　蝉

挣脱躯壳那一瞬
要使多大的劲
忍受多大的痛
谁见证过它的诞生。
爬上树枝
紧紧抓住：
在风里抓住摇晃。
在雨里抓住湿。
在黑夜抓住怕。
在正午抓住睡眠。
紧紧抓住活着。
经历着。
看着。
但不发声。
在树下拾起蝉蜕的人
也不发声
他是个沉默的人。

反　刍

小路滚烫。
赤脚少年牵着灰色的水牛
走出村庄。不远是棉田。
棉苗高过了少年。
显露出的部分是起伏的牛背
如天边的山峦。
然后是安静的小河
河边水草丰茂。
夏日冗长。
少年在柳荫里梦见了白马
牛吃饱了卧在一旁
扬起犄角反刍。

时光飞逝。
牛迹不知去向。
卧在对岸的不是那灰色的牛
而是像牛一般青青的山
在晚霞里扬起犄角。
也不是牛的哞哞声
而是轮船的呜呜声。

山上山下

山上是陵园
黑瓦白墙，纪念碑高耸
像一柄长剑寒光闪闪
但穿不透寂寞。

山下是菜地
也是坟地，村里人
各种各的菜
各埋各家的人。
四季蔬菜轮番生长
逝者不会孤单。

一条土路
连接着菜地和陵园。
冬天我们去朝拜英雄
菜地是必经之地。
陵园里有人在扫落叶
菜地里有人在掐紫菜薹。

故　土

一把野火
烧尽了河堤上品目繁多的植物。

一场大雪
大地皆白。

一行脚印
省略了万语千言。

殡仪馆

去殡仪馆的人很多
逝者的亲人，同学，同事
朋友。
我大多不认识。

告别厅容不下这多人
我在院子里的白杨树下等着。
冬天的太阳散发冰一样的光
越晒越冷。我沉陷在一个人的苦水里。

骨灰领走了
大厅空了。
他们乘车返城
留下我
他们把我忘了。

闯入者

湖上许多水鸟在觅食
深潜。浮起。
食物吞下去，吐出水。
天高地远，野草枯黄，
我的影子在湖边游荡
一个闯入者，来历不明的怪物
水鸟惊慌，起飞逃离。
羽毛纷纷不是雪
但比雪冷。
鸟群在头顶旋下一股风
舞动我的头发
荒天野外一棵孤独的树
落叶纷纷。

标　本

老同学从西双版纳
带回几只蝴蝶。
（他知道我喜欢这个）
在精致的小玻璃框里
每一只蝴蝶下面
标注着一个名字：
大紫蛱蝶　枯叶蛱蝶　猫眼蝶
虎斑蝶。

像最铁的哥们：
憨坨　蚱吧
墩子　煤球。
都挺好的，每年都有消息
像标本一样活着

李皓 的诗

Li Hao

野生杜鹃

歇马山的春天，用
第一滴血
喊叫，抑或呻吟

城郭里的人，不知道
驿外的花事，断桥的相逢
他需要听到一些招呼
才能把体内体外
犯困的水，唤醒

当我们意识到自己
总是错过了一些什么的时候
银石滩已经血流成河
那些被点燃的石头
举着高过野草的火把，迎风
高歌年年不变的颂词

杜鹃年年在开，能否
开成往事的样子
开成我们需要的样子
开成它从来没有开过的样子
面对一株无拘无束的野生杜鹃
我们常常束手无策

与一朵花交谈，必须
用花的语言

那些陈词滥调，不足以
打动一个浴火重生的肉身
浅薄，是一代人的修辞

一树杜鹃，让歇马山亢奋起来
几声鸟鸣，让银石滩心生柔软
被点燃的，不是春风
和春雨，是漫山遍野
无所不在的慈悲

樱花一直在动

我无法拍到春风
只好把镜头对准樱花
樱花一直在动
樱花是春风的另一个部分

它受命在一片高地上开放
收容他年生命的残血
向一些更为年轻的生命
展现时间生动的侧面

樱花是一味良药
它安抚失眠，却不拒绝回忆
面对一瓣一瓣凋落的灵魂
你的内心不能没有波澜

樱花一直在动
生命起伏，命运跌宕
没有谁能够一直无动于衷
春风动作不大，输给了思考

我的心在二〇三高地奔跑
单瓣喧嚣，复瓣孤寂
看花人轻佻，来了又走
樱花一直留在原地

削发记

不为僧，不为尼。只为换一个轻松的
脑袋，与换掉整个沉重的肉身相比
这是划算的
知道天命以后
我明白，这个只有一根筋的脑瓜子
实在是可有可无

不明志，不明德。只为完整地
露出自已的马脚，我藏得太深太久了
我用三千丈白发
换得一根青丝，满以为
就此可以
把自已，伪装成一个情种

人生如寄，容不得太多纠缠
蓄发是个好主意
少年的信走错了邮路，根本无法见字如面
一撮负累的毛发，有时
不及一个洇湿的汉字，戏路更宽
亲爱的推子，请痛下杀手

小寒十四行

数着数着，寒天就横亘在面前
这个旧日朋友，用背后的一个绊子
为我打开一扇通往春天的门
早晨的犬吠，就算是野鸡的鸣叫了
不合时宜的冬雨，就当是雪了
雨和雪一团和气，北归的大雁
一路驮着梅花
阳气是心中的猛虎，正在慢慢苏醒
煮茶，温酒，在冰上凿一个窟窿
掉进去，就来一次冬泳
掉不进去，就与鱼们聚首
在对视中相互抵抗，在冰水里呼啸
爱和恨，只有到了极致
才会把鸡肋当作一生的美味

蜡梅颂

在严寒里开，是不是为了
争一口气
叫雪里花，是不是为了
与一些虚伪的事物
区别对待

那一年，在岱山岛磨心山
你开在山顶那座寺庙的院子里
屋里是寺庙的住持
你守在门外，像一盏青灯
发出昏黄的光亮

我小心翼翼经过你的身旁
并把这束光亮，牢牢地记在心上
在此后无数个北方的夜晚
与一些伪君子
和和气气地分开

玉兰与男孩

这棵玉兰最先开，另外几棵都晚。
这里一共四棵玉兰花
那边那棵排第二，那一棵排第三
还有这一棵，它总是最后才开……

我正在端着手机，对着
半是开放半是含苞的一株玉兰
拍照
小男孩在我身后
像是喃喃自语，又像是在对我
说着这一切

玉兰都不是同时开的
它们年年都按着顺序开，从不搞错。
小男孩又说
小男孩八九岁的样子，虎头虎脑的

像我结实的童年，或者像
玉兰的某个花骨朵

他可曾泄露了花事的秘密？
这是不是春天故意的举动
让一个孩子，从花朵中走出来
告诉还不曾麻木的我

我只是开得早了一些
倘若我走得慢一些
我就可以是另外几棵待开的玉兰
倘若我可以回头
我又何尝不是身后
那个心思缜密的小男孩

张捷 的诗

Zhang Jie

花开花落

我终于明白
花开最美在四月
三月的花常遭冷雨
凉风过去花瓣飘零
五月的花常受炙射
热浪过去花朵枯萎
四月的花阳光滋润
薄雾散去光艳夺目
人间四月花，醉倒赏花人
可惜，有些花错过了季节也甘于残花落魄
不过，即便是生不逢时
与严寒酷暑博弈的花
也不在少数
当她们美丽绽放的时候
也是人世间进入庄严
和肃穆的时刻

江　豚

小艇在江水中盘桓
一条江豚正在仰游
突然它翻过身子
向小艇冲来
它连续击水
甚至在水中站了起来

小艇上的人欢呼起来
江豚兴奋了
开始翩翩起舞
它也许知道
那些居心叵测的“贼眼”
那些虎视眈眈的“黑船”
已被汹涌的巨浪吞没
滚滚东去的长江
成为江豚美丽的家园

蜻蜓出现了

好久未见蜻蜓了
今天在平台上
看到了两只蜻蜓
一会儿在树丛穿越
一会儿停在花蕊上
蜻蜓的胆子变大了
一只蜻蜓立在我的肩头
另一只在我手掌心
微微张开了翅膀
似乎想说什么
欲言又止
两只蜻蜓相互交换了眼色
轻轻地飞向远方

昨夜的月亮

又大又圆的月亮
稳稳地悬在空中
照亮大地河流草原
较之以往
今夜的月光
格外明亮格外温柔
较之以往
今夜的月光
格外清晰格外晶莹
月亮上面的树木

河流和白兔
也十分清新可人地
展现在世人面前
我发了一个微信
给月亮上的朋友
询问今夜的月亮
为何如此皎洁特别
他回复我：
中秋临近，例行彩排

小河两边

这是一条古老的河
河的两岸是不同的地方
北岸的土壤是黑色的
南岸则是红色的
两棵桃树分别植根于
北岸和南岸
春天来临时
北岸的桃树先是开花
而后又长出了青桃
南岸那棵桃树除了青叶，连花卉也没有
众多的鸟儿飞向北岸
一只瘦小的黄雀
却毅然留了下来
秋天来了，万木萧条
北岸的桃树光秃秃的
先前那些鸟儿都溜了
而南岸的这棵桃树
反倒开花结果了
红郁郁的鲜桃
在青叶里忽闪忽闪
树下的人流络绎不绝
那只没有飞走的黄雀
在喧哗的气氛下
终于飞走了
不久，北岸的桃树上
响起了黄雀的歌声

小石榴

小区的平台上
有几棵石榴树
今年开始结果了
众邻居都很高兴
等待品尝鲜果
谁料，石榴长到红枣
的个头时
就再也不长了
大家泄气了
每日匆匆而过
无心再赏石榴
虽然被冷落
小石榴在枝叶的
安慰下
毅然坚定地成长
有一天，平台上灯火闪烁
宛如星星下凡
第二天大家看到
成百上千颗小石榴
血红血红地在枝叶中
滚动
成为小区一道靓丽景观

后官湖的杜鹃

这里的杜鹃
沿着湖水展开
没有云雾山的茂密
但很鲜艳
像黎明过去后的朝霞

这里的杜鹃
沿步道错落走向
没有云雾山的整齐
但很精致
每一株都亭亭玉立

这里的杜鹃
沿着湖边的树盛开
没有云雾山的茁壮
但每一株花都很亮
像晶莹的浪花绽开
美丽的面容

举水河畔格桑花

像红霞弥漫
像孔雀开屏
像漫天礼花
像一泓星辉
举水河畔的格桑花

像荷叶上的露珠
像夕阳西下的余晖
像白棉朵朵盛开
像已经发黄的野杏
举水河畔的格桑花

像渐渐成熟的稻谷
像亭亭玉立的银杏
像遍布河边的野菊
像俊俏红艳的柿子
举水河畔的格桑花

魏天无 的诗

Wei Tianwu

跑步者之一

坐在湖边的人，低头看手机
也许只是拨弄指甲。仿佛只有下沉的夕阳
才有足够的暖意；仿佛只是那些枯草
保护了最后一点暗火。你在深冬见过那些火焰
火舌是草尖在湖风中摇摆的形状
跑步者经过这里，野柳下垂
那些仅剩的修长手指
没能抓住什么而飘落到潮湿的岸上[1]
新栽的银杏挂上了输液袋，园林工在浇水
海绵跑道上，跑步者留下的烙印
越来越小。白色火苗渐渐泯灭于湖面
一群亮脊的梭子鱼像一架滑翔机
奔向一张空洞的嘴

①出自T.S.艾略特《荒原》第三节《火的说教》，查良铮译。

跑步者之二

更大的掠食者是跑步者：一群鸟
从一棵圆柏里四散而逃
惊悚于追逐虚无的声音
飞一下，停下来，再回转
跑步者喘着粗气，仿佛要把自己疲惫地扔出去
起落的脚碾碎树下青灰的籽粒。
你永远不知道这些不圆滑的小东西

是鸟儿饥饿的食粮，还是转移注意力的游戏
一个跑步者想腾空自己，吸纳更多浮游的颗粒
一只野猫喜欢人群但不喜欢结群
它孤独的野性里，剔除了对周而复始的
跑步者的警觉。它擅长躬身冲刺
也喜欢优雅地踱步。这只白色的流浪猫
出没于虚浮晦暗的冬天

跑步者之三

一公里想着是否就此放弃
两公里开始冒汗
三公里双眼湿润，被自我感动
四公里颈椎、肩周的痛点在缓缓释放
五公里到达配速的最高点；一个人声
按照电子设定为你加油，从不虚情假意
七公里的你不是你，只有腿和呼吸
八公里嗅到操场铁丝网外某个戴橘黄色安全帽的家伙
吐出的一口烟
十公里在跳远沙坑里越陷越深的小男孩直起了身
冲着网球场大喊“爸爸，我挖到水了！”
“好哦继续挖！”一刹那你回到了你
像那位挥拍的父亲回到了漫不经心但极其自律的
生活，像那位你很面熟但忘记了姓氏的体院教练
回到了场边不再言语

跑步者之四

放松运动时总会看到片片落叶
围绕身旁。你习惯了固定的地点
杨树也不会走开，树叶们替它四处散步
小时候你觉得每一片杨树叶都像一个
扁形的小苹果，现在下腰时你想到它们
被错误地认作一颗颗心
它们大部分是安静的，仰面而躺
有几个攀附在铁丝网上。你上前察看时它们会
一动不动，保持一个姿势很久
如果下过秋雨，它们在一处水洼集结

像停靠在一个小小的港湾，想着更远的地方
而你在这个跑道上，已跑出了
七千五百三十六公里

跑步者之五

场边有个男生打电话
抱怨武汉的冷，我想他说的应该是
湿冷，让他忍无可忍——
“上午毛绒衣，下午秋羽绒
“白天热，晚上又凉
“武汉这天气，防不胜防
“一不小心就把你搁里面”
他咳嗽了两声，没看见有人
正大汗淋漓跑过他身边，“我不喜欢
“一点儿不和谐。晚上睡着了还能让你感冒
“武汉人也是这样，说话不直，弯弯绕
“比如说你吃西瓜，可我不渴……”
不渴的人不应该给他西瓜，我是这样想的
这是十一月，跑步的人越来越少
我注意不到其他的事物
这个季节哪里有西瓜，这个季节有谁
会切开西瓜给一个不渴的人呢。我想他是用了
一个比喻。跑过他身边的人竖起干燥的双耳
承认了地球的引力，也承认了他今不如昔

跑步者之六

我跑过的最短的距离
是在巴音布鲁克草原
背双肩包，穿户外鞋，山顶栈道吱嘎作响
那里有遍地野花，白天鹅在湖里游弋
我跑上了一座小山冈
现在说起来我当时想留存的
不是一个数据：摇摇晃晃的我
看见一个人立在另一座山脊
像一枝静止的牛蒡

跑步者之七

下雨天跑步不好，说这话的都是
好心肠的人，不跑步的人
晴天时他们有更多的事情要忙碌
跑步者中途遇雨不能说是偶然，雨越来越大
或者下着下着消失了也不是
跑道上积水的地方经年不变，就像一直是
脚尖最先感受到寒意，眉梢改变了
汗水和雨水的方向
跑步者想要一个更加轻盈的世界
在一个愈发凝重的天空下
雨水加入了这个越来越漫长的、盲目的进程

跑步者之八

一个老妇人推着一辆小车，我以为
她推着一个婴儿：在她前面的
只是她小小的座椅，一块隆起的柔软棉垫
她已经到了走几步就要坐一下的年纪
她已经推着自己走了很远。现在
滑轮替代了迟疑的脚步，平坦取代了
凸凹不平。她去不了湖边，到不了
月见草扎堆的地方。跑过她身旁的时候
我抹去眉头的汗水想回头确认一下
每个人是不是都需要一个无须他人代劳的小圆垫
让自己坐上去，长舒一口气

跑步者之十

把环形跑道拉直，其长度超过了它自己
把一生跑过的路相连，每个人都在
南北极间往返了好几次
但我们时常兜来兜去，原地踏步
或者步履稳健地倒退。如果一个人
仰面倒下，从头到脚的长度理应从中减去
总有人在此刻爬起来哭喊母亲，又被

一只颜色奇异的鸟儿所吸引，走进幽深的丛林
当他头顶的光芒刹那熄灭，这段里程
要不要统计？你知道如果道路笔直
终点就像海上的雾气飘渺不定
离开塑胶跑道的人喜欢新鲜的尝试，想要
更多的惊喜：通过机械地抬腿、甩臂、后蹬
一样的汗水被阻隔在一模一样的空顶帽里
——为了向世界敞开，我们需要一件
薄如蝉翼的皮肤衣

跑步者之十一

左腿侧挂尿袋的人无须掩饰上身的
一小截病号服，条纹像磨旧的
蓝色海绵跑道。他从肿瘤医院徒步而来
谁又能知道湖光潋滟给了他
怎样的安慰，打捞上岸的湖草
发出的腥臭是否也让他蹙眉，让他想起
被戳破肚皮的蟾蜍曝晒在夏日
凶猛的阳光下：记忆中的气息
并不总是美好但却真切无比
走在他前面的秃顶男人猛击双掌
吓走停歇在湖边围栏上的珠颈斑鸠
而他学会了不再躲避任何东西，不再抬手
驱赶头顶和鼻尖的摇蚊

跑步者之十二

男生躲在一棵圆柏后
戴着耳机练习一首新曲
为即将离开校园的朋友。他的时间
尚未到来，但去年的杨絮如约而至
很快他也将进入重新打量这排圆柏的人群中
仿佛从未见过。保存记忆的最好方式
是不相信记忆会记忆那些值得记忆的事物
就像那些突然在校园四处涌现的毕业生
选择被选择的景观，把记忆变成庄重的仪式
没人记得去年的事情，比如

杨絮粘附在草丛上，悬铃木脱落的
树皮形状如此任性，穿13号球衣的高个女生叫
“方美丽”，她身背自己的名字在教育超市里晃动……
从圆柏后走出的男孩将站在舞台上
成为自己和圆柏记忆的一部分。一对灰喜鹊
在其中穿梭不停

你写我读

You write I read

杜甫　蜀相
木朵　给予高度自觉的自我的预言

蜀相

杜甫

丞相祠堂何处寻？锦官城外柏森森。
映阶碧草自春色，隔叶黄鹂空好音。
三顾频烦天下计，两朝开济老臣心。
出师未捷身先死，长使英雄泪满襟。

给予高度自觉的自我的预言

木朵

预想明年腾跃处
——郑谷

预知更入神
——黄庭坚

一切人的一言一行最后都归结到我。
——瓦尔特·惠特曼

可读性一旦瓦解，难辨之文字便蠢蠢欲动。
——埃德蒙·雅贝斯

自我的预言是一个正当而深沉的问题，远不是一语成谶所面临的随它去或瞻前顾后的局面（而且没有那么一种不祥之兆），尤其是作为一位诗人，处于生活无限的琐碎细节之中，同时又处于时代的洪流之中，如何对自己的命运、才能做出预先的判断，在语言上做出一番提前安排，并把自我的命运和语言的命运紧紧捆绑在一起，这是一个至关重要的问题。自我的预言是指什么呢？就是指一位诗人应当通过他的作品理顺个人在人间可能面临的各种关系，知道自己处于一个怎样的有利或不利的位置，并通过不断强化自己创作中的才能，借助语言（这一能够穿透数千年光阴的载体）来塑造一个相对完善的自我形象，明了自己正在做正确的事情，并且朝向未来（有可能是有生之年以后）自己的作品以及在这些作品中所展现的民族语言的光彩、情感和解决一系列问题的建议都将在一个肉身不复存在的未来世界产生积极的作用。

因为身为一位诗人，他所担负的责任就是利用民族语言发展到一定阶段的现实可能性、弹性、色泽、魔力来写就一首首诗，不必去过多探问诗能给他带来怎样的名利（诗人的名利双收于诗中，而且这需要持续地自我评估，追求诗以外的虚名与利益，都会反噬）。诗，在自我预言的进度中，始终应理解为一种身内之物，绝不被身外之物所诱惑和评估。诗中蕴含着自知之明的尺度，无须假手于市场上的秤砣。诗人是民族语言中的铮铮铁骨 / 忠肝义胆 / 侠骨柔肠，注定是语言的咽喉或骨骼或脏器，在语言的身体之中发挥自己的功用，如果做不到这一点，就枉称为诗人。只要往前看一千年历代诗人是如何在诗国之中理解作为一位诗人的价值观，就知道当下自己应该奉行怎样的价值观。他担负的责任就是运用好现阶段已经掌握的语言，通过一个个完形的作品，促成当代人的心智和情感的融入，并通过这些自认为可信的作品向未来千年交付一系列语言的表达方案。自我评估的关键问题就是民族语言发展到了哪个阶段，诗人运用语言的能力到了哪个程度，个人在语言命运起伏的进程中扮演什么角色。

不应混淆诗人在世俗生活中所面临的磨难与他在写作中时时刻刻遭遇的诗学困境。他的确要善于周旋于生活与诗的两岸。当然也可以将生活理解为洪流，诗理解为对岸，入水、上岸都是日常生活的常见现象，并不能完全地将一个人单方面寄放在一端。诗学困境的起因有可能和生活磨难有关，但本质上源自自己身为一位诗人的才能有限，功夫不到位。把写不好诗的原因归咎于日常生活的挤压，这是一个懒汉的判断。诗中事诗中求。如果你因为生活过得不顺利，压力重重，没办法写好诗或持续写下去，这并不是诗本身存在问题，而是你这个人存在问题。更别产生一种错误的判断，自己写不好诗或写不下去，是因为诗被生活检验过，露出了原形：诗不能排忧解难，无济于事。以为诗写得再好，都不能救人于水火之中，如果基于这一判断（有那么一点后见之明），到了一定时候，你就不会为自己半途而废、不再精进于诗学而觉得不安了，有一种两不相欠的解脱感。

在诗可能带来的所有名利之中，最显著最可靠最触手可及的报酬在于诗本身。写诗得诗，正是种瓜得瓜这一古老法则的验证。诗就是一位诗人一辈子写作所能获得的最佳奖赏，也是他本人最有把控力的付出就有回报的生活实践。不能端正这个诗学观念，对诗是诗人最好的奖赏这一朴素的生命意识缺乏信心，那就谈不上成为一位高度自觉的诗人，就容易迷失方向，变成一个四处探听写诗有什么用、诗人有什么出息诸多内在问题的门外汉。诗人的高度自觉性体现在至少两个方面：其一，他深刻领悟到自己身为一位诗人所担负的改造民族语言的责任，并且对于语言高于一切这一判断从不心虚胆怯；其二，他要将个人命运与语言的命运、时代的命运结合起来，审察人的处境、人的爱恨情仇 / 悲欢离合，并兼顾天地万物等量齐观的生命意识，将所见所闻以诗化的语言一以概之。

诗人把诗写好，这是当务之急，也是基本的操守，当然也是诗的正义。诗人不但要持续地创作诗篇，而且要在实践中不断领会什么是好诗的标准，时时刻刻用更严苛的尺度来要求自己在下一次创作中成为佼佼者。持续的创作必然导致两个方面觉悟的提高：其一，动态地去理解早期杰出诗人优秀作品所树立的审美标准，对这一人杰的衡量标准的理解有多么恳切、透彻，自身的写作水平也就能够激发到一个相适应的水准上；其二，对自身写作才能的洞察，自己能写什么，还有哪些未曾涉足的领域和技法，自己有哪些不足之处……找到一个又一个反思的契机，去评判自己的诗学观念是否已经僵化、保守和自满。

在诗所带来或造就的进度中，身为诗人的自己能否通过写出更好的作品促使自己成为一个更好的人，这一问题关系到为诗人者的良知与品格。诗，归根结底是服务于民族语言的一种妥善的方式，自觉的诗人敢于承担起提升民族语言弹性和活力的责任，而不仅仅限于就事论事或就诗论诗。诗人的第一责任就是擦亮（审视）民族语言的眼睛，为这一历久弥新的语言添色增彩，并透过语言在他所生活的时代面临的变化，来观察使用这种语言的同胞们所面临的时代命题、审美风尚和伦理困境。对语言负起的莫名的责任感的确是诗人自觉性的第一试剂。

诗，不是语言中的现成之物，也不应理解为一种拼凑组合的技巧，而是注入到民族语言中的养分、情感、光亮、温度、期许，假手于诗人这样一个社会角色搅拌着民族语言大熔炉，锻造出富有时代特色的新鲜篇章。所以说，诗有一种进出自如的本性：取之于语言，是为出；用之于语言，是为进。不妨说，杰作是语言千锤百炼的结晶，而此外其他的诗篇都是共冶一炉的燃料。向杰作看齐，并非违背了众生平等的生存法则，而是要求每一位诗人无论何时何地都要以早期杰作为典范、尺度，衡量自己创作的水平和进度，评估自己处于一个怎样的历史状况之中。如果能意识到与八世纪的杰出诗人并存一时一世，有这样一种感觉，就美妙极了，这是激发诗人高度自觉性的一个秘诀。

而另一个秘诀在于，自觉的诗人理当承揽一个使命：去为天地万物命名 / 正名。言不顺，则名不正。从周边事物做起，从未名状态入手。当一位诗人着手去干这个活时，他一定是心安理得的，他悬着的心得到了落实，落实在一个稳固的家庭之内。之后，他可以不宅在家里，走出去，到周边看一看。严格地说，就在附近，他已经看到过一处建筑物，已经盘算了几日，他决定再去实地勘察一番，然后为之写一首诗。他能预感到这将是一首正名之诗，既能澄清他对一位历史人物的认识，又能证明他具备了一种赋名的强力。这可能是极少有人去干的活，或能抵达的一个目的地。他决定抵达于此，以身示范，就像是为稳固的家园筑就一道山寨。简言之，对这一处建筑物的讴歌，其实就是对自家住所的类似肯定，早晚人们会意识到这一点。因为这是一个情感和人文的认知空间的塑成，其中必然包括一种由此及彼的心智模型。这是第一次对武侯祠的书写，这将是一首元诗。他当然能够感觉到面对这样一个可写之物，有很多话要说。但现在，这是第一步。他得耐心一点，娓娓道来。

尽管这是第一次为武侯写一首诗，但写这首诗时已不是第一次参观武侯祠了。他愿意停留在初次参观的流程上，有始有终地来描述他是如何对这处建筑物产生了一个宏观的认识的。他定然欣喜于自己对这个认识的发挥日后将有益于人们理解武侯的历史地位。他意识到自己划破了宁静的历史天空，以诗的大名，第一次归拢了武侯的关键线索，一锤定音地叫出了武侯应拥有的而人们又应该如此这般追谥的名气。一出手，他就知道这关乎武侯的名誉和语言的命运，尽管偏居一隅，独自徜徉，但在语言所掬饬的历史事件和人的历史观念中，一位诗人的价值表现得到了应验。他没想到这个活是由他干的，语言的活法是由他率先见证的，既庆幸又惋惜。于是，在这首诗里，他要重建一所武侯祠。从此千百年间屹立不倒，比纸寿千年的愿望还要恒久不变，这就是诗人的底气。一个人伫立在门可罗雀的武侯祠中，已然领受多方面的使命，并感受到了自己有完成这一任务的才能。

他不是以与历史人物对话的形式展开这首诗的写作，而是讲话给未来的人们听（先把人们最想听的说出来，立下一个标杆）。当然，这里也没有丝毫责怪前人碌碌无为的想法。一所崭新的武侯祠在语言中的重建恰恰得益于沧海桑田的人世间时间和阅历的积累，确切地说，得益于格律诗在公元八世纪渐趋成熟的这一历史条件。语言的天时地利到了，诗人自然不会放过充当天使的这一人和契机。他意识上有一杆秤，要用乃诗作罢之后所形成的无尽的人类时间来贴补武侯祠自建立至今的缄默无言的窘迫，自觉的诗人不服这口气，一定要在诗中扭转乾坤，令武侯之名大放异彩，语言之秤精准而可靠。

与其说这首诗将给杰出的历史人物显著的历史地位（当然，诗能给什么人地位这个说法有一点自视过高，不妨说语言对等地呼应了斯人应有的历史地位，或者说人杰的历史地位以语言的形式再度呈现出来），不如说这是一次伟大的预言：未来使用这门语言的子孙将在这首诗中达成高度的共识，这首诗将是未来的人们认识武侯的不二法门，是不可避免也不可绕过的一个语言事件。在语言与历史事件的共振效果下，人类普遍情感的一次结晶就此形成。所以说，诗人以无名的姿态迈入武侯祠，却因他将在诗中重现武侯祠的光荣和武侯的威名，而使自己一并赫赫有名。写与被写一并铭刻在随后的历史时空中。诗之名，乃人之名，诗人的天职就在于时时刻刻呵护着诗的名誉。与其说这是对一个历史事件的记录和重述，或利用一个历史事件以古讽今道明当事人当前的生命困顿与生存意识，不如说这是对诗的登堂入室般的逐步的拆解与展示。这的确是一个语言事件，是诗的革命性变化之中的一个令人无比欣慰的结果。这一趟趟没有白来。

历史人物的功过是非已尘埃落定，但语言的轻重缓急，就这一历史事件中的人之命运的告白来说，才刚刚开始。诗人不但要理解历史事件中人的奋斗史，而且要洞察到当前使用语言并为之奋斗的诗人该如何在语言的使用中展现出与历史人物高风亮节足以媲美的风度翩翩。现在，的确到了收获语言耕耘之硕果的时候。看起来这仅仅是一个人的奋斗，或一代人的努力，但放眼天下，芸芸众生皆在注视着语言咬合历史事件的光辉时刻，是非成败皆在此一举。诗人有没有机缘过语言这一关，既取决于语言是否发展到一个足以称量历史事件的关键阶段，又跟使用语言的诗人能否出色地处理好人在语言中的地位息息相关。那个决意一写的诗人此时此地叠加出四种命运观念，这是他心中有数的取舍素材：其一，武侯是一个怎样的历史人物？该给他怎么定位？其二，摆在眼前的武侯祠是怎样一个状况？人们从武侯祠中能获得什么？谈一谈一位游客对武侯祠的既视感和获得感。其三，作为一个利益攸关方，诗人想通过一首别致的新诗促成一个怎样的生存意识？借助一首诗的发挥，诗人能够达成一个怎样的环顾自我命运的效果？其四，武侯（立功者）和诗人（立言者）如何为前前后后使用这门语言的人传递出明确的口信：个人如何才能做到永垂不朽？

使用这门语言的人很快就分出一个先后来。现在，请随我来。我要担任你们的导游。顺着我的目光，来了解武侯祠的局部特征。同时，我会把我的观感扼要地传递给你们。首先要解决的疑惑：它在哪儿？它为什么在这里？除此之外，它还能在哪里？我希望你们和我一样是带着一个问题闻讯赶来，并且以提问的方式切入正题，开启一次实践与观念合二为一的旅程。这是我第一次做导游，第一次直面武侯（祠）的历史遗留问题。所以，我乐意从它在哪里这一种地缘概念上启动我的情感和技法。这样做显得很亲切，也是一个交代，阐明了我与武侯祠结缘的一个端点。何处寻？这是对武侯祠坐落位置的一次明知故问。但随着这一问题摆明于诗句之中，包括我在内的所有解题人，日后都会明显意识到可寻之处将不限于一个确切的地理空间之上，它会更便利地出现于诗中。诗将承载这样一个去处，可以说是重建，也可以说是保存和延续。没有比诗更稳妥的去处，在诗中，我将陆续撞见一个个声称去过蜀地武侯祠的游客，他们仍然需要在诗中来沉淀一下他们的游历。我在诗中等待你们。我的确是在争取千里之外的使用这门语言的同胞和我一起来理解这样一个所在。你们不一定要身临其境，但顺着我的指引，一样地可以感受到它的存在。

两所武侯祠并存着，这样一个念想，激励着孤独的诗人认真写好一首诗。他不应在诗中辜负这样一个机会：武侯祠一旦被诗所环顾，就不仅仅是一个地理位置和文化景观，还是经语言咀嚼过的人世情感的一个组织结构。简言之，武侯祠本身就是一首诗，武侯也是一首诗。帮助历代游客建立起这样一种共识的正是奋笔疾书的那位早期杰出诗人。他牢牢地抓住了这个机会。这里的确有一份舍我其谁的孤傲，但更多的是一位强力诗人对于语言的信念。通过诗绵延存续的那份与历史人物接洽的真挚情感，分毫未损。诗人已经预估到了诗有增无损的这股力量，也意识到了日后人们要对武侯进行历史价值的归纳，都再也绕不开这首诗。这首诗已经成为中国人的历史意识与审美感受的基础和文化心理基因。武侯不仅在武侯祠中不断地复活（并得到纪念），而且在诗中一遍遍吟诵的气氛中展现出羽扇纶巾的昔日风采。

诗人给历史（人物）一个交代的同时，也在向未来交代自己。如果我能给一个历史人物相当准确的评价，这种评价的能力应当也可以转化为自省的能力，能够把自己看穿，将自己的评判能力转化为一种自我预言的能力，从而把自己扔进历史长河之中，起起伏伏，却不会消失得无影无踪。未来的人们将看见矗立在历史人物前面的那个诗人的身姿。诗人得以保存自己形象永不磨灭就在于他拥有使用语言去表露真挚情感的能力。说出人们想说的一切，这就是诗人的本事。不过值得我们注意的是，诗人更想呈现的本事在于他要说出他本人想说的一切，不仅仅是做一个代言人。在丰富的历史人物或历史事件面前，可说性或可写性一定有一个宝贵的契机转化为创作的实践，并最终呈现出与事物本貌足以对称的样态，语言上的功夫对得起事物或历史人物的本色。但是，去做这项言说工作的诗人很可能并不具备丰功伟绩，这就会让一般人感到纳闷：一个没有做出杰出贡献的非立功者如何能在立言方面达到同等的高度？于是，在这个节骨眼上，我们看到了一位诗人的匮乏或短板。他本人也意识到了自己没有什么功劳，一种强烈的健康的荣誉感激发了他，他放手一搏，在语言和诗意这一关键层面要做出杰出的贡献，这样一种强烈的自觉性行云流水一般展现出来，无数历史人物既是能够体验到的，也是需要去感谢的（并互致问候）。所以，最终来看，站在历史人物身边的立言者是一个巨人，丝毫不逊色于立功者。人们最终也能体会到诗人在把话说到哪一个分量上和怎么去说这两个方面确实做到了出神入化，蔚为壮观。

简单来说，大浪淘沙的历史画卷既要最杰出的历史人物及其故事，也需要最好的诗人表露心迹，记述情感，发挥想象，诗人的高度自觉性就在于他在从不懈怠的创作生涯中向最好的诗人看齐。一旦他意识到自己也有可能成为一位好的诗人，他的自觉性就会像生物钟一样随时纠正他在迷惘时的任何一次偏离。自觉性的确在两个方面对一位创作中的诗人施加积极的影响：一方面他要求自己出类拔萃，技艺高超，从善如流，成为一等一的诗人，此为求其好；另一方面就是求其行，他在语言和语言的对等物之间所做的联系、撮合、杂糅、交接工作既丰富了语言体系，也是人类文明开花结果的一个重要形式，然后他深深意识到语言工作者和诗意发现者的的确确能给使用这门语言的亿万同胞带来福音。就像最杰出的历史人物在同操一门语言的同胞心目中是自己人一样，最终，最伟大的诗人在人们内心深处会像一个温婉亲切的家人，二者并存于日常生活之中，成为使用这门语言的人的普遍理性与情感。

做一个好诗人的自觉性意识会在以后的创作中不断地强化，稍有损耗，也会因写出合情合理的满意作品得以增补。一旦他有过一次明确的受益于自觉性的体验，这种体验就将是永恒的感觉，也是永恒信念的确认。在人类生活的绝大多数场合，诗无声无响，不伸张自己的权益，看起来什么也没发生，然而在生命的紧急关头或情绪的关键时刻，如果一个人（不仅仅是指诗人）能够借助一首诗，感觉到语言的美好和生命的璀璨，他就能体谅不事稼穑的诗人纵情于诗学的责任田时那份恋恋不舍的自觉性是多么来之不易。只要得到过诗的一次好处，人类就再也不会妄言诗无济于事。满眼势利的人怎么能看得到语言世界的惊心动魄和波澜壮阔？在最好的诗篇或状态最好的诗人那里，自觉性哪怕稍有一点闪失，就功亏一篑。所以说，自觉性既不是一个臆想之物，也不是可有可无，一旦确立了诗人与语言的关系这一前提，诗人的高度自觉性就不仅是创作生涯中要采取的手段，而且是诗人奋斗的目标之一（既是你已经得到之物，又是你将要定夺之物）。简言之，高度自觉性不是想有就有，也不是只在一位诗人意志饱满的时刻才出现，而是一种恒心恒在状态，时时刻刻葆有，随时随地自励，方不使之有任何闪失。

如果一位诗人问自己怎么能成为和杜甫一样出色的诗人，一个民族一千年才有这么一个指标，谈何容易呀？那么，成为一位好诗人的自觉性会不会到头来是一种致幻剂、空欢喜？这样的疑问，在每个时期诗人脑海里都会产生。但只要你想一想，一千多年前的一个午后，当杜甫独自漫步武侯祠中，他也问过一个类似的问题：我能成为和武侯一样名垂千古的人吗？你瞬间就找到了答案。这个答案不只是人皆可以为尧舜这么简单，它深刻地诠释了一个活着的人在自己的能力范畴内竭尽所能的奉献的精神和意义。一位顶好的诗人况且有高度的自觉性，那么，水平稍欠的诗人应该怎么端正自己的世界观？为了削弱在谈论自觉性这个话题时可能涉及的（高山仰止、不可企及的）谦卑心理，我们要强调一位诗人最基本的自觉性的属性所在，那就是人之为人的条件和目的的双重探索：我是一个怎样的人？我能做一个怎样的诗人？在这一方面酝酿的自觉性肯定是有益的，虽不能保证达至超凡入圣的至高境界，但这必然是一位诗人踏入第一层级之后再向更高层级跨步的必然举措，除非他从第一层级知难而退，未曾抬眼望见苍穹之上群星灿烂的一幕。

而高度自觉这样一个说法，肯定包含着一种荣誉。这就是一位在创作活动中浸润多年的诗人应当本能而明智地向历史上最好的诗人靠拢，阅读他们的作品，诠释他们的诗学思想，并把他们理解为自己的同时代人，绷紧一口气，力争上游，促成自己有那么一个贤者时刻，与人杰并肩而行或坐而论道。如果一个孤愤中的诗人缺乏持续的创作动力，没有生生不息的自觉性源泉支撑，他很可能陷入到一种价值虚无的窘境之中，满腹牢骚，抱怨连连，心气卑下。看起来，高度自觉性是从一种孤绝虚无的气氛中袅袅升起的可见之物，尤其是，它不由别人拱手相让或耐心指认，而完全靠一个当事人调动自身素质去体认。

试想，当杜甫来到空无一人的武侯祠时，是什么力量激发他从中搜罗出一首高亢的赞歌？很可能，当时祠堂内的人文环境糟透了，景象凋敝，没什么看头。更何况诗人当时一下子意识到自己要面对偌大的历史信息（*他预感到在这里可以写很多首诗，但首先要写出至关重要的第一首诗*），这将是一次与强力的对抗。唯以高度的自觉性为保障，他才能从形形色色虚虚实实的气氛中找到立足之本。语言那强健的力量由内而外散发出奇妙的光亮，他体验到周边无所不在的诗绪，置身于诗的气场之中，他可以平起平坐地与武侯进行跨时空对话了。武侯既在又不在，但这不是关键。关键的是一个崭新的识时务者到来了。虽不能听到武侯自谦蓬荜生辉，但今日之来客的确将为时间所验证，他的出现确实为武侯祠的荣誉做了关键的背书：他在语言层面和可转述的形式上复活了武侯祠，并使纸质武侯祠屹立不倒，绵延万载。绝大多数使用这门语言的同胞无法亲临地理上的武侯祠，但纸上的武侯祠就在一首七言诗的方寸之中巍峨耸立。作为见证人，他不能不由衷地感佩诗带来的转机，有鉴于此，他才有十足的信心与武侯精神世界连为一体。

于是，了解他的人或后代研究他的人都会意识到他不光是在写武侯这个人。就这首诗所表达的情感和期望而言，他也在为自己呐喊。他与武侯融为一体了。这个现象始发于他置身于地理意义上的武侯祠之中，恒存于他抽身而去之后在语言中重建的精神宗庙。人类情感的普适性、可传递性以及与语言的相融性得到了验证。同时，他也发出了一个忠告：仅仅是去祭拜武侯这样一个替代之物或障目之物是不够的，应当越过武侯祠这一道屏障去抵达武侯这个人所处的时代，以及这个时代跳动的强健心灵。现在，当诗人在他的草堂一气呵成写下关于武侯的第一首诗时，他心目中的武侯祠已经落地了（*没有被语言所理解的武侯祠不是真正的武侯祠*）。他觉得自己对得起武侯祠了，也有能力继续讲好武侯的故事。他还可以写更多的关于武侯的诗，但预计它们都是以这首诗为原点画出的同心圆。不经意间，他的脑海里可能闪过一个念头，那就是，他留在蜀地的这所草堂几百年后能否像武侯祠一样迎来一个关键的看客？那个历经坎坷的来访者将用另一首诗来扩展此时此地营造的精神能量。他意识到武侯是幸运的，他本人也是幸运的，立功与立言和谐并存，这是光照千古的刹那间。

诗歌地理

Poets Geography

李龙炳

Li Longbing

李龙炳（1969— ）生于四川成都，客家人。著有诗集《奇迹》《李龙炳的诗》《乌云的乌托邦》。现居成都青白江乡下，写诗，酿酒，巡河，偶尔出游。

李龙炳诗选

阴影中的世界

擦窗子擦掉了多少地区，
它们附在窗玻璃上，脏兮兮的样子，
各种线条延伸向宇宙。

我站在一个独凳上，
命运微微有些摇晃

在春天里，我反复擦着自己的手
手上还有其他国家。

从窗口往外看，
我最先看见自己。

在故事里，我在房间外面找钥匙，
苹果被陌生人吃掉。

外面下雨，光线暗了一点，
如果我继续擦窗子，
会不会擦掉自己的灵魂。

我的一只手悬在空中，
我的另一只手在你手上。

数一数蚂蚁

如果我必须低头
我觉得有必要团结几只蚂蚁。
有几只就够了，
它们完全能够理解我的意思。

允许它们爬到我的手上，
在我的手上撒野。
让它们知道这是我的手，
不是上帝的手。

允许它们中的一只，
每天举起我的一部分，从一个国家

跑到另一个国家，
我要送一个脚印给蚂蚁当首都。

让它们拥有苔藓的江山，
一滴露水的月亮。
月光要顺着微观的历史，
重新装修蚂蚁的新房。

蚂蚁在冬天的债务，
将被春风一笔勾销。
几只蚂蚁和我的手，
共用一支黑色的笔。

当蚂蚁跌落在白纸上，
我低头看着它们摔断的细腿，
仿佛它们就要离开我，
仿佛它们就要带我去蚂蚁的乌托邦。

未知猎物

关注天空，手上的杂耍
你笑嘻嘻地看着他表演。

你指向无限冷门的星星，
不愿意错过神秘的意义。

再往后延伸一点，出现
悬崖上开会的几只猴子。

抬起成都也为几粒金沙，
体内暗伤紧挨着三星堆。

我适合于飞出地球觅食，
田野上我磨尖骨头种植。

当春天从洗衣机里取出，
微微发烫，像我的灵魂。

我不得不用汉语去追逐，
自己头脑中未知的猎物。

抱住水井跳舞

从无到有，从生到死，
水井用一只眼睛看世界。

它看见的和它思考的
是高于人类的事物。

如果有谁抱住水井跳舞，
它将溢出青蛙和大海。

水井知道人间的秘密，
它的沉默是它的哲学。

它能从天上看见自己，
看见自己内心的斗转星移。

如果有谁抱住水井跳舞，
它将溢出神秘的火焰。

火焰有时被人类命名为酒，
有时被人类命名为爱情。

我的嘴唇带着血和青春
去感受爱情与酒混合的燃烧。

口中有了时间的芬芳，
便不再纠结于历史赋予的忧愁。

我抱住水井跳舞，
它将溢出我的诗歌和李白的月亮。

面孔遗忘症

已经记不起是哪一天，
我突然看不见满天繁星。
成为短暂的盲人之后，
才知道我已加入了近视眼行列。

少年时代并没有读多少书，
我羞愧于自己的近视。
很长一段时间，
没有告诉父母和老师。

我在模糊中看世界，
感觉到了神秘的人与人。
有些美我凑近了就能看见，
有些美我永远无法凑近。

你的面孔飘来飘去，
梦和现实相互托付。
我开始辨别各种声音，
用声音判断人心。

世上有很多没有声音的人，
埋伏在我的背影里。
如果他们终生沉默，
我会认为他们是幽灵。

近视又不戴眼镜的岁月，
你的面孔成为历史。
我在虚构中暗恋你，
直到我配上了第一副眼镜。

抽屉的部分

很多年前我是乐观的人
我就知道有一个抽屉，在黑暗中
从未被人拉开过。

一群又一群人经过抽屉，
对身边的事视而不见，
仿佛抽屉里面的时间已经停止，
对外面的人产生不了任何影响。

很多年前我在追求真理，
像少年对她的好奇。

有人在公交车上大谈灵魂，
公交车像一只驶向未来的抽屉，
中途我独自一人下车，
感觉手上提着的尚未命名的东西越来越沉。

我呼吸困难，
醒在书房。
手上的罗贝托·波拉尼奥的《未知大学》
滑落在地上，
书中的文字却没有一个当逃兵。

死亡的部分

他的眼睛关闭的声音，像打雷
雨试图毁灭这个世界。

乡间泥泞小道上有巨人的脚印，
大于一个伪诗人的悲伤。

“先生，你还欠蝴蝶银行的一笔贷款……”
他突然苏醒过来。

这味觉的社会终究要变味，
他的猫已不在人间。

“先生，你毕生的学问，
只适合翻译一个国家的唇语……”

他已经病入膏肓，
他有不正确的骨头在体内敲锣打鼓。

他死的时候，听见有人在开他的门，
钥匙却一直在他手中。

月亮的部分

月亮有时候也姓李，
我有一点小小的骄傲。

它总是哐哐当当经过我的窗前，
像一个机器人。

月亮的体内有很多螺丝，
每一个螺丝上面有密密麻麻的文字，
我只认识其中的汉语。

有一天，两位好友
深夜陪我在西江河边巡河，月亮养在水中
比在天上更圆。

月亮向全世界公开过写给霜的情书，
霜有可能从唐朝穿越而来。

更多的时候，
月亮会爱上我爱的人。

三角形的部分

三角形，我喜欢。
黄金的三角形，正在画一条午夜的河。

“我给世界的礼物你画不出……”

你的态度像天鹅，翅膀藏在
伟大的平衡中。

“我在用三角形画一座断桥……”

河面那一点点微光，他想捕捉
装进瓶子里，或压在舌头底下。

“你画的栏杆外面会不会是一个圆？”

谢谢，你的骆驼穿过三角形，
正在变成一件小小的礼物。

“我想画你的时候，你精神恍惚……”

夏天的部分

我的工作有更多的夏天
从一个工厂内部
掏出陈腐的火车热得发烫，
我以为我融化在了田野。

这惊人相似的灵魂，
仿佛与世界构成新的关系。

我的职责就是看着你
身上教育的痕迹一点点变淡。
我带着还魂草潜水去南方，
第一次觉得水能浮起大象。

青春，溺水的主角，
向生命补充更多的哲学。

早晨的哑巴偶遇黄昏的警察
他们分开一条河。
晚间新闻报道，有人假装游泳，
却企图畏罪自杀。

写作的部分

几个世纪前的亲吻，已经开始传染，
“燃烧这个世界请先点燃人类的嘴唇……”

灵魂反而是最低的要求，
落日在表演，你口中有小小的气泡，
气泡里面也有人民。

他去抓梦魇的领子，
把稻草塞进一颗星星的内部。

第一次他说交底，像翻译体。
第二次他说托付，像生与死。
她吃下了一小片通灵的夏天。

“我将从众多的诗歌剥离出你，
你又从长篇小说中剥离出我的情感，
文学评论早已忽略不计。”

向下挖掘，依然是大地的主题。
“你的手在我身上，像空空的蝉蜕……”

张丹

肉身的诗学：李龙炳诗歌略论

李龙炳的诗作体现了一种肉身一客体的诗学态度，肉身是身体诸感官与意识的结合体，客体则指向肉身以外的世界。在李龙炳的诗作中，作为当下之人的诗人将身体视为感知的场域，通过诗歌的捕捉，促使人向世界和宇宙融合。通过诗意的融合，事物重新向诗人诉说世界一宇宙的经验，直到诗人重新发现世界与自我。

以现代性文明的确立为界，无论中外，肉身与世界一宇宙的关系都存在着一种明显的断裂性变化。在中国古代诗学中，肉身与世界一宇宙在表达上的彼此相通相联可以通过刘勰在《文心雕龙·原道》中构建的天文一地文一人文系统来表征。在西方文明的话语中，可以用道成肉身来进行表征，即在宇宙之中存在的人自身便是一个与宇宙结构相对应的微宇宙，而据此形成的通感系统指向了“宇宙和生命本身就是一首诗”这样的命题。这些古代思想的相通性在于身体之文与世界之文构成了一种先行而在的通感系统。

诗歌的丰富多义正来自对这套通感系统的发现和运用。在现代文明的一元论（即偏离了天人交互的二元化通感系统，转向人生在世的世俗性生存）框架中，身体与世界一宇宙作为彼此相通的和谐整体的观念被瓦解了。这种一元论偏好身体（世俗欲望意义上的感官身体），不再重视精神的任务，身体被自然化而不是人文化（肉身化）了，身体不再和外部世界互动，也不再承担精神给身体的任务。这种转折与文学艺术的小众化和精神衰退是同时发生的。换句话说，作为现代诗歌重要发明的象征，失去了传统通感系统中的对应和对位，只剩下了随意和令人难解的主观形态。

据此先后存在了两种现代意义上的身体诗学：前一种是建立在人与世界分离这一文明景观现象上的身体诗学。在这种诗学中，人之身，与世界发生了隔离和隔绝，人不仅成为孤立的个体，在身体内部也发生了各个感官的互不响应和互不相通。过去的肉身与世界，肉身内部所建立的通感世界和系统全面消失，陷入了虚无，这种诗学以非理性的、绝望的呐喊为其后果和表征。后一种则是倾向于重建肉身化的诗学。通过缝合感知的裂痕，展开肉身一宇宙之间关系的重联和重建。诗人通过精神和意识的活动，在各感官之间重新形成通感，并依据这种通感向世界发出感知，发明新的肉身—世界意义。这种诗学观念既有传统根源，同时又引导着后现代的诗歌作为。宇宙是一首诗，肉身是一个微型宇宙，通过诗，这里面有一个连接点，即肉身一诗（语言）一世界这样的感知系统。感和知在这里并不偏废任何一方，诗人要动用身体各感官去感觉，同时也要动用意识去向语言转化这种感觉。诗歌语言无论是内在节律还是节奏美感，都最能够把握住这种肉身一宇宙感知的节律。

在《阴影中的世界》这首诗中，李龙炳几乎直接呈现了这样一种诗歌思绪，诗人从一次擦拭玻璃的体验中重新发现并理解了身处的世界。首先是阴影本身，在诗人的感受和目光中成为世界的一种形态，擦拭的行为意味着对阴影世界的不断抹除，因此，诗人写道：“擦窗子擦掉了多少地区，/它们附在窗玻璃上，脏兮兮的样子，/各种线条延伸向宇宙。”而当其返回肉身，诗中有了这样的表述：“在春天里，我反复擦着自己的手 / 手上还有其他国家。”而诗人对绝对的清洁和清晰同样表达了一种恐惧：“外面下雨，光线暗了一点，/ 如果我继续擦窗子，/ 会不会擦掉自己的灵魂。”在另一首《数一数蚂蚁》中，诗人表现了肉身与另一物种——蚂蚁的沟通，这种沟通实际上指向了他对身在世界的文明展开的微观理解与再现。诗人的基本态度是人之于蚂蚁并非强大之于弱小或高高在上的上帝之于人，人与蚂蚁只是在共同分享并帮助分享这个世界：“允许它们爬到我的手上，/ 在我的手上撒野。/ 让它们知道这是我的手，/ 不是上帝的手。/……几只蚂蚁和我的手，/ 共用一支黑色的笔。/ 当蚂蚁跌落在白纸上，/ 我低头看着它们摔断的细腿，/ 仿佛它们就要离开我，/ 仿佛它们就要带我去蚂蚁的乌托邦。”

诗人通过对他物的感知重新获得了对世界的感知，但这并不是李龙炳诗歌在这一维度达到的极致。在一些诗作中，诗人致力于让他物开口。通过完全与事物坦诚相遇，彼此带动和交互的状态，由他物最终向诗人诉说经验，而使诗人重新获得世界的信息。在《抱住水井跳舞》这一首中，诗人写道：“从无到有，从生到死，/ 水井用一只眼睛看世界。// 它看见的和它思考的 / 是高于人类的事物。”而诗人之所以这么说，是因为他在体察水井的时候采取了一种非人类中心主义的视角，这时诗人俨然是水井之沉默的代言者，向人们宣布这样一种新的存在：“如果有谁抱住水井跳舞，/ 它将溢出青蛙和大海。// 水井知道人间的秘密，/ 它的沉默是它的哲学。// 它能从天上看见自己，/ 看见自己内心的斗转星移。”对诗人来说，拥抱和摇晃水井，水井“将溢出我的诗歌和李白的月亮”。外物带来的不是一种被观看和被体验，而是引领着诗人参与观看和体验，直到触及事物和世界保持沉默的神秘。而《抱住水井跳舞》中的月亮，在另一首《月亮的部分》中，成为与诗人遥相抵达的事物。诗人在这里向四川的另一位诗人李亚伟（李亚伟曾在诗中写过“天空蓝得姓李”之句）和前代诗人李白进行了互文性地致意，他写道：“// 月亮有时候也姓李，/ 我有一点小小的骄傲。”而诗人所及之月与他们又不太相似，属于现代性的观看和及物经验：“它（月亮）总是哐哐当当经过我的窗前，/ 像一个机器人。// 月亮的体内有很多螺丝，/ 每一个螺丝上面有密密麻麻的文字，/ 我只认识其中的汉语。”这首诗中，月亮如同前诗中的水井，不再是被动地被观看和体验，诗人很显然放低了自身的主体性，注意到当他观看月亮时，月亮携同其铭刻的历史表达也在向其传送客体的经验：“月亮向全世界公开过写给霜的情书，/ 霜有可能从唐朝穿越而来。”进而，诗人得出这样的结论：“更多的时候，/ 月亮会爱上我爱的人。”

李龙炳在诗歌写作中展现出的这样一种诗学姿态，无疑有别于在现代性后果面前表现出软弱和哀号的那些诗作与诗学。他的诗作试图沟通肉身的内部与肉身所在的世界一空间，对以主观性和象征手法为代表的现代诗歌造成的后果进行了有益的改善和补充。

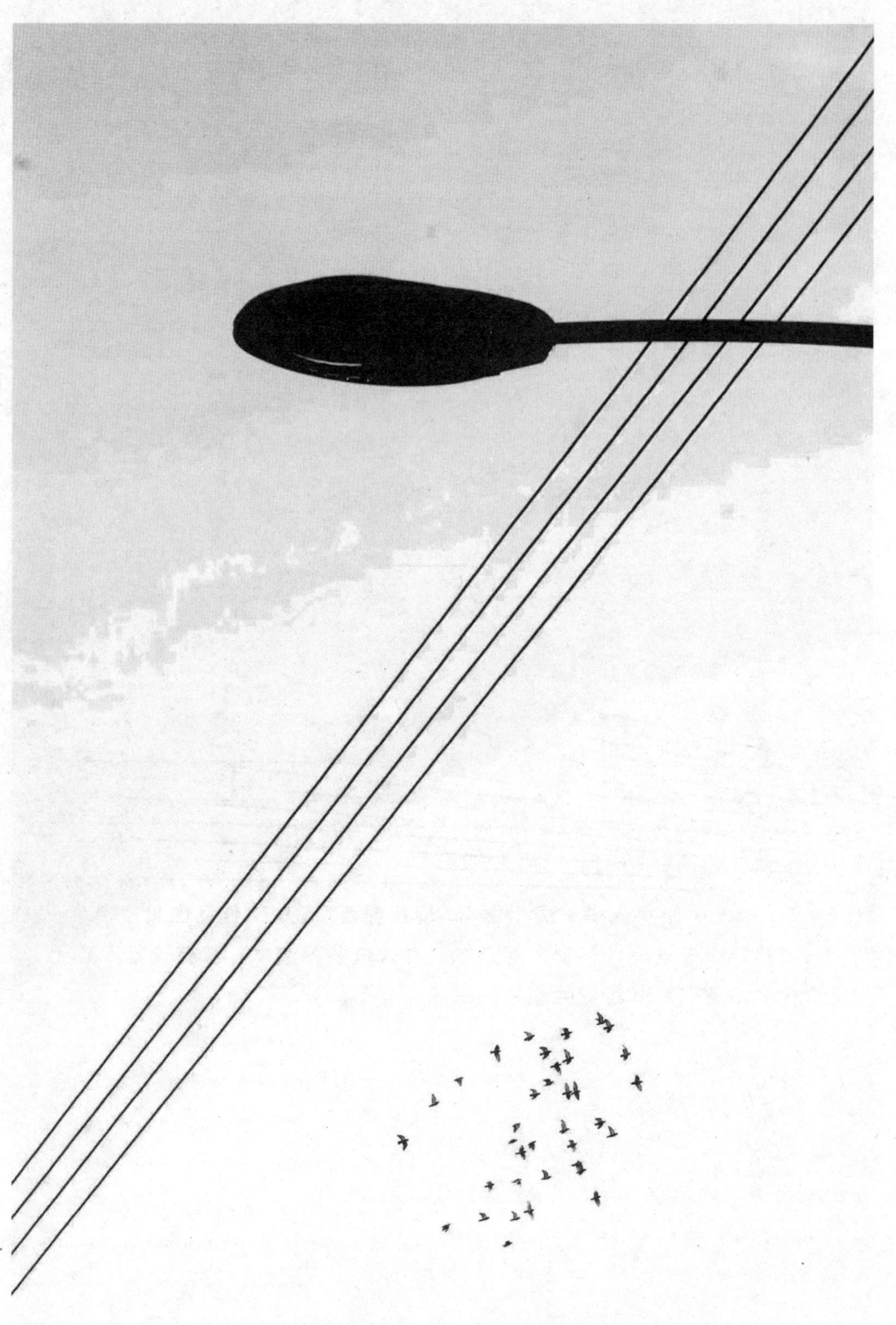

杨光

Yang Guang

杨光，二十世纪七十年代生于贵州思南，现居鄂西清江边。作品散见于《诗刊》《星星》《天涯》《草堂》等杂志，并入选多种选本。著有诗集《我爱这个世界的理由》《我们的悲哀由来已久》等。

杨光诗选

夜宿天河坪

醒来是一页启事
鸟粒结实如同粘在枝头的麦穗
树叶泛起的光泽有如婴儿的皮肤
有生以来如此惶恐，醒来
平静生活的一次冒犯

死亡陈述句

在《战争与和平》
皮埃尔目睹一个被处决的人
临刑前，调整了一下
绑在脑后的蒙眼布

奥威尔的《一次绞刑》记述
一个被判了绞刑的犯人
走向绞刑架的途中
避开一个小水塘

他们活着，是如此在乎生的感受
即使死，也不把淤泥带进有洁癖的死亡

蜗牛的哲学

只有它还有坚硬的椭圆。
只有它还有柔软的内心。
只有它还有安身立命之所。
只有它还携带自身的负重。
只有它是烂在自己的肚子里。
只有它活着时就像一座坟墓。

捡板栗

长板栗树的地方多半长有橡子树
橡子能打成橡子豆腐
山上野猪泛滥，苞谷黄时出来捣乱

有一年，民兵连长打一头野猪
胃里的橡子没来得及消化
倒出来，洗净，晒干
然后，磨成橡子豆腐
橡子椭圆，板栗是半月的剖面
眼珠子般挤出板栗球的眼睑
风一吹落满斜坡
松鼠、白麂子坐在树上吃板栗
小畜生们一点不怕人，碎渣
落满捡板栗人双肩。我们去的那天
有人来捡过，树下缭乱
我们抱住树身使力摇撼
天空在树顶之上蓝得尖叫
紫檀色的休止符在周遭弹跳
仿佛秋雨落在蔚蓝山冈
外婆年事已高，眼睛看不太分明
托人从天河坪捎来板栗
我们铺在阳台上晒，白色的小虫子从
顶针般的虫孔中爬出来
头嫩红，身子乳白
一节节往外蠕动，我看见了另一种胚胎

我们身上留不住雪

这是一种暗物质，
形而向下，径直落向事物的根部。

也落向，我们。从白色开始，
由黑暗结束。淹埋道路，又使覆辙复出。

我们身上留不住雪，
我们身上完成不了塑造之美。

我们成了海绵、消声器、匿名信，
我们身上幸存一首伟大的虚无主义。

傍晚的橘树

天黑前要将剩下的橘子树修剪完毕
父亲用两把工具，一把剪刀，一把锯子
橘树茂密，讳莫如深。
从树枝轻微颤动到剪刀与锯木声
能听出父亲修剪过细，生怕伤及橘树
我弯下腰，掉在地上的枝条
以及刚刚锯断的剖面，有如胳膊
断藕。父亲像一名骨科医生
术士、方志家、修谱人
精于骨质增生，精通移花接木术
这是他的风物篇、博物学、地方志。
不时有鸟从橘树中弹起
喜鹊平行飞过池塘。对称即美学
形同父亲的剪刀，扇形似的喜鹊翅膀。
傍晚越来越临近，黄昏的天空落入塘底
有种灼伤感。远在天边的丘陵
拱起脊背。所谓穹顶我有了更深的理解。
鸟儿归巢，在提兜一样的树冠里争吵
这是乡村多声部，现代古典主义。
父亲的剪刀构成极简主义
我不断解构写作，叙述中修枝
父亲钻出橘树一刻他身材高大发际缭乱
除了暮色我看见他的眼睛主题明亮
撒满树上的橘子花，仿若下在暮晚的雪。

庸常之见

像什么东西迸裂，我的出现，
麻雀自灌木丛中砰地惊起。
又一次看见长尾巴、红嘴喙山雀，
平行飞过盛大的泡桐树之间。
不断惊诧于美于庸常之中不断呈现，
我们将与何物发生关联产生契机。
山雀运载自身到多远而后发生物种异化，
我坚持多年的美学产生怎样的多元。
气流是逆向的水，
长尾巴是长在山雀身上的鱼翅。

鸟在空中游，鱼在水里飞。
我也才注意到我太冒失了，
在自然面前丢掉人的身份。
兼听到入夏以来第一次蝉鸣。
瞥见横过山与山之间的高压线。
它们的负重把自身压弯，像两条线索。

散　章

大海是荒凉的诗篇，
秋天的山冈是一副骨架。
叶子覆满了，小松鼠在枝柯间纵跃，
我从林下过，有如天空的问候，松果落下来。

对一只喜鹊的瞻望

像早晨的馈赠，自东南隅，喜讯垂临。
它有黑白分明的相间。
它的名字与早晨恰如其分。
它有同义词、近义词，
也有反义词。
它飞来的方向越来越辽阔。
这广大人间，爱和痛苦是如此清澈。
高大的柚子树迎头痛击，有如受洗……

对樟树的描述

转过门廊，意外出现了
青瓦上空月亮像一面试刀石
樟树从我见到它时就已高过屋脊
此刻，月光下黑如废铁
细密的声音像从漏斗中落下的物质
我身上数不清的漏洞
成就了此生一再否认的口矢
我不止一次撞见猫蹿上樟树
然后顺着树臂滑下
樟树底下传来女主人唤猫的声音

横过青瓦屋脊的猫有着世上最神秘的步态
站在树下，落叶广阔
你几乎想把狼心狗肺掏出来
把羁押的鸟放出去
樟树总是那么沉潜，在风的漩涡中
产生的声音巨大而又安静
早晨和黄昏，树上结满鸟鸣
早晨的鸟鸣像麦穗粘在树头
而黄昏似铁砂在铁笼里翻搅
黑夜压下来，樟树黑如古井，天空亮如厂房
黑暗与明亮交会处，存在某种潜在的物理

无　题

我们通过什么来看见文字的颗粒状
辨别出文字在黑白之间所持的立场
我想起盲人，他们有着深渊般的眼坑
枯树桩一样坐在街道边无声无息
满目羽翼般广大无边的黑暗
他们通过触摸和世界产生关系
他们有像北斗一样排列有序的文字

月亮辞

我喜欢石头。
喜欢与石头相关的事物。

我们伸手去抓但没能抓住。
我喜欢铁钉落向不明的暗处。

废弃的厂房越来越高大黑暗。
我喜欢从它们中流出的时间废水。

喜欢树叶被风掀翻露出灰白色的背面。
喜欢你身上看不见的痛苦胜过抒情时代的产物。

对一只瓮的描述

对这件器物是否可以这样认知
之前是一只米瓮、水缸，或者酒窖
现在，废置在橘子树底下，斜插进泥土
大半部分暴露，有了另外的主题。
瓮丰腴，充满情色，光从树缝间照下来
埋进土的部分正好是素描的阴影部分
符合西洋美学范畴。破口之处
打破事物的平静，给一件艺术品破题。
当初一定有什么东西从那儿泄露
瓮有了不为人知的公开的秘密。
我多次俯下身探视瓮的内心世界
瓮内黑暗，像眼眶盛满水
水变绿，发黑，高度约等于瓮的缺口。
我看见时间以绿色的苔痕在瓮上得以呈现。
我曾经站在一片水域，感觉到那面湖水
带动着整个星球向南轻轻移动
而这只瓮让你觉得它怀抱一腔水自沉水底
你想把它举起来贴在耳际摇荡
让里面的东西溢出来，我们把躯体扔掉。
从瓮的圆满与破立我想起斧头、断臂、剪刀
想起画布，画布上果酱般的色彩
色彩中呼之欲出的腹部。
想起喜鹊的翅膀，蝴蝶的羽翼，几何
美学中的平衡与事物的相对论。
想起天空如盖，万物受到伤害也得到庇护。
我们身上有动物的属性也有神的恩光。

母亲的教诲

不要站在雨过天晴后的彩虹底下，
彩虹有舌头，舔人的脸。

不要带着棍子上人家，
恶狗来袭，弯腰做个假动作。

母亲死于她的六十年后，
她生来就是母亲，她生来就会做事。

她的大半生在煤油灯下度过，
不适应电灯泡，她说，引火不方便。

她将红辣椒放进坛子里腌，
她酿出的苞谷酒能点燃。

她年轻时就很美，
我还没来得及看到她老时的模样。

她将花椒放入包袱扎紧反复捶击，
花椒碎成末，香气就出来了。

我最爱吃的是母亲放进书包里的饭团，
她最爱看的是我们六兄妹排成队伍去上学。

我届不惑，还没有活到母亲的长度，
软若水蛭，逐渐偏离人的教诲。

记一次夜行

乡村的夜晚特别黑
路上会遇到走夜路的乡民
他们不明火执仗
背负天空的黑锅
车灯光转弯扫在他们身上
像被泼污的无辜者他们
下意识地抬起手腕掩住自己的眼目
以致歉的方式表示惊恐

四月柚子花开

事物有遮蔽性，
口中有含混物。

早上起来，看见一个人，
趴在水槽上吐苦水。

惊蛰过后，天空开始酝酿，
云层中始有奔雷。

我想起在乡下，把火炭放入陶罐，
闷成钢炭，冬天取出取暖。

打雷的黑夜，闪电抓撕窗棂，
爱人偎依进怀中致你热泪盈眶……

7月24日夜，风雨大作，记

在一阵风声鹤唳中我惊醒过来，
窗帘乱卷，飞沙走石，
间或夹杂闪电抓撕着窗玻璃。我翻身弹起，
迅速到儿子卧室、书房、厨房、卫生间，
关上门窗，取下阳台上的衣物。
完成这些时，睡梦中的儿子没有被惊扰，
半曲着小小身子紧紧地抱着自己。
妻子也睡得安详，甜美，
朦胧夜光中仿佛一片白色的浪。哦，
她是信任这个夜晚的，如同信任她男人曲折的臂弯。
当我重新回到房间时再也无法入睡，
风在楼群间越刮越紧，
仿佛天地间有大冤屈在呼号，有大灵魂在奔走。
黑夜无光，唯有闪电做指引，
每一道揭示都是那么深刻，疼痛。
我有理由直面这个风雨大作的夜晚，守护爱人、孩子。
此刻，我们处在世界的中心，而风暴，
是这里的由来。且由来已久。且深入骨髓。

我拥有比孤独更宽广的辽阔

这个下午，我一直在阳台看书
太阳照在身上像温暖的酒精棉

整个下午我读的是毕肖普——
唯有孤独恒常如新

当微微感到凉沁而我抬起头来
像切开的柠檬，太阳照在坡上三月的断章

而这时，我读到“月亮从妆台镜子中
望出一百万英里”

哦，亲爱的，不要，我将拥有的更多
——九百六十万平方公里的辽阔

芦　苇

只有人至中年
面对这白茫茫的一片
才对芦苇有更深切的理解。

也才渐渐领悟
夕阳染上它们苍茫首领
为什么像血。

隐　喻

一枚螺丝钉从墙上掉下来
在餐桌上弹跳几下
然后落向木地板
又弹跳几下，然后落进沙发底下
再然后，是声音停顿后的巨大寂静

这枚锈死的螺钉是从墙上的挂钟里掉下来的
来自永恒的时间

油菜花吟

感谢神的恩典
唯有这蜂拥而至的开放配得上大地的容颜
更庆幸今世有爱
我可以把她们喊着亲人
就像歌德的吟唱

“在前世里
你大概是我的姐妹我的妻”
爱不孤，遍布大地的金黄皆是迎亲队伍
她们走在还乡的路上

致黑暗中的老鼠

在黑暗中跑动
迅疾，凛冽，像穿透墙壁的箭矢
啃噬家具、床脚及铁器的声音
闪烁着寒光
我想起云贵高原脸膛通红的漆工
他们割漆的漆刀
乳白色的汁液漆出乌黑锃亮的棺椁
他们在高原上下葬一个人
仿佛一场狂欢

苦瓜颂

赋予翠绿之上浅黄色的小花朵
缀于其间的瓜，有我们不具备的品质

它的苦乃与生俱来的美德
而我们过早学会了叫苦不迭

苦尽甘来，自我宽慰的处世哲学
孤悬于事物之外，我们浅尝辄止

对于苦，理解得少之又少
何况还有更深刻的黑暗之心

人的内心矗立着一座蓄水池
幽深的月夜发出排遣的声音

花椒刺挑破皮肤上的水泡
母亲教会的生活资本沿用至今

蜜蜂酿蜜，苦瓜持苦，我时常感到自己的欠缺
又岂能理解世间的大苦大难，大慈大悲

也许只有真正心怀苦楚的人
才不会轻易说出从心底泛起来的悲伤

秋日书

大地有深渊，
有陷落，有陡起的敬意。

像旷野的一棵树，
落叶是从体内抓出的一把鸟。

不断删繁就简，
生命轻盈如同一片叶子。

旷野多辽阔，
夕光像往日泛起。

我们端坐于此，
感受彼此耀眼的荒凉。

如果说到飞翔，除了梦，
即望群山之巅那枚伟大落日。

流水辞

写到流水，我首先写到菖蒲、鹅卵石，
写到它的皮肤、表情。

然后写到夹岸桃花、柳色，
风中迤逦而来的女子，风神绰约。

暮春三月，大地是晚唐，
今天是我们的古代。

月光照在蓖麻上

月光照在蓖麻上，
已然是后半夜了，
此之前，明月照在东窗。

后半夜起夜，月上中天，山河晴朗，
低吟的屋檐一片幽暗，
小解的须臾，月光照临屋后那片蓖麻。

低处的蓖麻，高处的月光，
我听见月光落进蓖麻的悠然之声，
暗自惊心：神来到我们中间。

星　空

我相信，星空有布局
宇宙有守恒定律

满天繁星，每一颗
都是一次眺望

也自有它们的去向，比如山冈，
比如村庄，比如坟茔，比如废弃的采石场

多么深的清澈啊
月亮从井里打起来的一桶井水

但不迷恋死后有魂灵，而相信有肉体
就像浩瀚天穹盛满历历星辰……

猕猴桃

过天柱山
买了一袋猕猴桃
卖桃人告诉我
放一段时间变软了才可以吃
拿回家后放进一只纸箱子

每天进出门都要伸手去捏一捏
等到它们心慈手软

修补天花板

将云梯安稳
提起装满灰浆的胶桶
一步步登上去。
先将脱落或有裂痕的地方
铲干净，再刮平
然后从梯上下来
挪一个地方。
再挪一个地方。
头发和身上被敷白
像有脱不尽的皮或头屑。
这个矮小的男人
要将整座大楼
从一楼开始，一层层修补上去
直到顶楼，直到没有楼顶
直到刷不着的天空
提着空桶，从顶楼
从云梯，下来。

剖柚子

一门新的解剖学科
需要我们具备伦理学
求得几何解，找到黄金分割线
在一只椭圆上完成一道美学的弧步。

废电池

手电筒的光深入而执着
漆黑的山野，给人带来宽慰。
父亲告诉我，手电筒不用的时候
把电池倒过来，电弱了
挤挤，仍可以用段时间。

从这里我学到了挽救
以至于用过的废电池舍不得扔
攒起来，像挤压溺水者一样反复挤压。

深处的黑暗

今年下了两场雪。
大雪之下产生覆盖感。
麻雀缩着头蹲在高压线上。
寒鸦在雪松之间啼叫翻飞。
牲口在厩里咀嚼着空口腔。
穷人之间互致时嘴巴里哈出热气。
层叠的石块像铺上布面的桌子。
大地举行一场无人盛宴。
我不敢直视铺天盖地的光芒。
向旷世的寂静致敬。
我从雪地里挖起两棵白菜。
拔出两只黑暗眼球。

距　离

从一个房间走向另一个房间。
落日探囊取物，门框改变光的走向。
光与影折叠、重组，廊柱之间明暗交替。
檩子、椽子相互咬合，构筑空间、穹顶。
榫子楔进去，不留拨出的余地。
这牢不可破的命运。这水火相融的生死。
这一个房间走向另一个房间的距离。

立冬后

觅食的山雀从田野飞往林间。
倾斜的翅膀在冷空气中稍做停顿。
羽毛从它们身上抖搂出来，缓慢飘落。
阳光布满枯草，山色异常冷静。

吹　灯

习惯了灯光的我们忽然有些慌乱，
确信楼幢都停电后似乎才踏实下来。
五岁多的儿子异常兴奋，
对着烛光挥拳踢腿，影子在地板上移动，
滑过我和妻的小腿、膝盖，在沙发上折叠。
停电时刻也是断片开始，静默替代语言。
灯火通明的夜晚，楼幢秩序井然，
停电后响起慌乱的脚步和嘈杂的人声。
工业时代，灯光剥夺了黑夜的权利，
烛光成了怀旧主义的产物。
涌动的夜色发酵的酒糟。山峦是未醒来的物种。
“我们把蜡烛吹了吧，享受一下黑暗。”

陀　螺

它有天生的顽固症。
抽打越狠，转得就越快。

从来不知道反抗。
似乎具有转移和化解疼痛的能力。
也不会愤怒。
像石头一样迸裂，雷一样爆炸。

也不会跳起来发出火花般的尖叫。
它不断吞食惊魂般的鞭影。
储存黑色火药。

只要鞭子存在，旋转就存在。
像一只螺丝不断拧紧。
速度达到极限，不用抽打。
在惯性中风疾电掣。

直到筋疲力尽，它才慢下来。
它才给自己松绑，解开铁箍般的螺纹。
叹息般坍塌在地上。

倒下去之前用力抽搐，然后，蹬腿，止息。
不像是死去，像是猛然想到，挣扎。

夜风吹凉的石头被坐热了

我喜欢坐在石头上。秋阳的下午，
石头被晒暖和，坐在石头上，
能感受到石头的温度，
否定对石头的认知。大野开阔，
浅草起伏。天边，紫岚弥漫，山河跌宕。
石头在它出现的地方寸步不离。
想起卢坎：“每一块石头都留下一个传说。”
想起一个人的命运，和重量，
以及与石头构成的关系，以什么保持与大地垂直。
夜晚，天空在头顶旋转，满天星斗繁花似锦。
低头俯视，石头满面风尘满怀星光。
夜风吹凉的石头，再次被坐热。

刘波

具象的爱与自我启蒙的诗学——关于杨光近年的诗歌写作

与很多地域性诗人不一样的是，杨光虽然长期偏居长阳小城，但他近年来很少再以当地民俗风情作为引领自己写作风格的特殊主题，而是避免陷入狭隘的地方性，力图打开更宽广的视野，关注更普遍的人生风景，从而让自己的诗歌更具现代意识和超越感。“在我的作品中，每一粒文字，都渗透着我的血液；每一首诗，都是从我身上取下的一根肋骨。”这种从内部肌理出发的自我阐释接通了杨光诗歌的精神脉搏，他在追求书写人生之诗的同时，也在强调人的身体与诗的温度的融合，这些都形塑了其诗歌情感的真挚性与自我启蒙色彩。

杨光的诗歌写作看似趋于日常的向度，但他在对生活经验的处理中，会自觉地通向某种人生的感悟，而这种感悟正是其诗歌的美学资源和精神景深。他很多时候热衷于写“大”经验，也从细微的观察中寻获人生的真理性，这是很多诗人惯常的写作法则，但杨光在小与大的处理上显得更为自然。他一直强调修辞的作用，“词与物”的衔接得益于其不断地以语言修行的方式来呼应更深邃的人生理解。因此，他从小细节入手，慢慢靠近词的外延与内涵，并激活物对接现实的可能性。这也是我从杨光诗歌中读到“元诗”意味的佐证，即使他是在写日常生活经验，有时也更像是审视诗在“词与物”的转换中是如何生成的。如果从这个角度来切入杨光的写作，我们就可以理解他何以在诗中不断嵌入对人生的本质性探讨。也就是说，他不是封闭地固守于语言的内部去玩纯粹的文字游戏，而是让语言在容纳人生大感悟与大观念之后仍旧保持创造性的活力。这活力源于他不仅发现语言自身的内在变化性，而且也在于他主动去发明自己的风格，这一动态的诗意生成，正同构于杨光打开视野去丰富诗歌创作维度的努力。

杨光打破了单纯地方性写作的藩篱，用词语的组合去照亮他写到的那些山水、风物和人事，其内在的穿透力不在于过度陌生化的语言变形，而是他对人世万物的理解与感悟首先是基于常识，然后才调动乡愁意绪来完成对内心的回归。他在形容和总结蜗牛这一动物时，甚至感同身受地悟出了一种命运的哲学，“只有它活着时就像一座坟墓。”（《蜗牛的哲学》）这虽然立足于修辞本身的精彩，但从对蜗牛的一般认知来说，这一句诗已经超出了我们的惯常理解，而直抵蜗牛一生背壳前行的宿命感。如果说杨光的诗歌经验是在于对日常生活的观察，那么，他那些更具超越感的想法，其实还是源于他广博的阅读经验和人生思索。虽然诗人很少专门谈自己的阅读，实际上，他诉诸文字的思考本身，已经暗含着他对那些高深的本质性哲学问题的挖掘。所以，这些间接经验的获得，让他的诗歌超越了一般的日常美学，而有了更具文化意味和历史意识的高度。“存活于世，面对微茫世界 / 万物有它的尾椎和面部表情 / 无论哪一处皆是敏感部位 / 并非所有的抒情都具有品质 / 斑鸠生就是忧郁的代词 / 人类也还没有从四肢中解放出来”，几乎每一句都自成体系，但各自又有着内在的关联性，这正是至高的修辞学。杨光明确了自己要在修辞学中完成一种人生告白，它是具体的生活呈现，又无限通往求真的诗学。“落日，世间宏大的叹词 / 比升起之时更加圆满 / 群山之巅旷世空旷 / 我们用一生来衰老，落日用一天来长成 / 我相信衰老带来的美 / 唯有落日配得上万物顶礼称颂”（《修辞学》），这是一场关于落日的修辞学，就像诗人也曾写过《落日辞》一诗，而且在不少诗歌中频繁提及落日（《一个人的爱能坚持多久》），他对这种自然现象抱有更高的期待，因此在处理这一美学时也更有体验感，通透领悟之后的创造也就更显生动了。

诗人对修辞创造的迷恋，还是内在于他对人生的真切体验，无论是出于日常观看，还是习惯性地将所见所闻所感修辞化，杨光强化的仍然是对各种经验的解读，而解读最终还是借力于修辞的转化。如同他所追问的，“我们通过什么来看见文字的颗粒状”（《无题》），人生经验只是我们观看和理解文字的一个中介，所有的领受都源于自然，但需要去认真辨识，这也许就是诗歌创作所要求的内在动力源。他写喜鹊、橘树、樟树、柚子、油菜花、苦瓜等日常之物，包括记录某一天的生活、某一瞬间的感想，这些看似平淡的经验，杨光总能从中找到通往“感伤之美”的诗性线索。从杨光多年前的诗歌来看，他这种写作的日常之风有着一定的延续性，虽然不乏烟火气息，可他从不刻意简化对生活的理解，而是选择在更高远的精神视界里打开人生的多重面向。杨光有时也称自己的表达是“庸常之见”，虽然不是所谓的真理，但他置入其中的思辨性总是和修辞息息相关。他直接亮出了自己写诗的底色，不管是压缩词的多元成色，还是放大修辞本身的力道，其所面对的精神与审美坎限，都会化解在诗人对笔下万物的敬畏和反思中。因此，他一贯的抒情性就是在反思和领悟中稳固了一种诗的势能，他不刻意追求陌异化的效果，而是让诗在自然的诗性流露中维持着更舒展的形态，这是经验之诗转换为超验之诗的特别路径。

我之所以一再强调杨光诗歌写作中的经验成分，正是因为他在技艺的层面上延展着经验入诗的各种可能性，就像他在诗中所言，“写作赋予词的象征、隐喻和无穷的可能”（《乌鸦之诗》），这是一个诗歌写作主体所要遵循的创作原则，诗也必须面对这样的难度。杨光有一首诗名为“对一只瓮的描述”，读此诗很快让我想到了史蒂文斯的《坛子轶事》，但杨光不是为了反叛而写，这种细部描绘的尝试不完全是对叙事的回望，恰恰可能是诗人将这种观察经验填满修辞的间隙，而让诗歌获得更为立体丰满的效果。他从瓮被利用后闲置在橘子树下的位置谈到了空间感，而一只破瓮却让诗人领略到了更具体的哲学辩证法。“从瓮的圆满与破立我想起斧头、断臂、剪刀 / 想起画布，画布上果酱般的色彩 / 色彩中呼之欲出的腹部。/ 想起喜鹊的翅膀，蝴蝶的羽翼，几何 / 美学中的平衡与事物的相对论。/ 想起天空如盖，万物受到伤害也得到庇护。/ 我们身上有动物的属性也有神的恩光。”诗写到最后，诗人不是要单纯地表达对瓮的形态描绘，他必须将其上升到对生活的理解，这是诗人的终极目的。只是他没有直接切入形而上的思考，而是以更多现实场景的素描增强了他对瓮的审美所延伸出来的实感。这是杨光与很多诗人不一样之处，在看似平淡的叙事和抒情中，总是潜藏着他对人生的独特见解，这些见解不需要通过修辞的变形来凸显。他时常将自己作为旁观者角色与世界进行对话，时而又以生活的主导者自居，这些都超越了纯粹的修辞而获得了更高的精神抱负。

除了修辞之外，杨光诗歌写作的精神维度里最大的一种支撑即是他时刻强调的"爱"。他曾多次写到过爱的主题，无论是针对生活细部中的爱之经验，还是修辞之爱所上升到的一种本真的理解，诗人都将爱作为一道富有超越精神的光亮在守护。"所谓爱，是一种情怀，/就像清晨的露珠，落日的悲悯。"（《所谓爱》）诗人为爱下过定义，但它不是空洞的口号和说教，而是更为切实的行动——爱是具体的人和事，包括那些细微的"尘埃"。在诗人笔下，爱是一种生活的信念，它关乎一个人存在的价值；而作为人生参照，它又让人保持着反思的立场。"如果说这个世界还有什么令我动容，/那么我告诉你：是爱。//它让我原谅了恶，/宽恕了你的罪行。"这或许是"爱入诗"的常规体验，有着宗教般的虔诚，尤其是以原谅和宽恕指涉的评判标准，让爱化解了"罪"的世界，这是大爱或博爱才能达至的高度。当诗人回到自己的生活现场，爱到底会让他呈现什么样的状态呢？"一个人走在深切的夜晚，没有恐惧，/没有孤单，满天星光照我去荒芜大地。//我看见石头发出低迷之光，/猛兽温柔的舐犊之情……"（《爱之什》）这是真实的爱之行动吗，还是诗人虚构出来的景观？一旦回到诗的内部，这种在真实与幻化之间的场景，对于诗人来说就是相对合理的推测。因为在爱的化解中，一个人的心理也可能被周遭现实所感动和影响，诗人在这种倾诉式的告白里分享了某种爱的真理性。

在自我约束的生活世界里，诗人对于爱之能量的释放，就是守住内心的道德律，不至于让它失去平衡。但要能做到一直对爱保持着长久的热情，这是需要定力的，外在世界的变化时刻都可能会影响我们处世的方法和风度。杨光虽然致力于书写身边的日常经验，但那些溢出的部分还是在召唤着他回归自然，所以他写得平静和淡然，虽时有反思，但最后还是归于爱的言说。在《与己书》中，他无情地剖析自己，那种内省气质像诗人在书写另一个自己，"人活到一定的时候，开始讨厌自己/讨厌言不由衷，讨厌立场，讨厌无耻的忍受。//也开始反对，反对书中的序言/反对书下的注解，反对写作中的抒情。"讨厌和反对是随着年岁增长与时间流逝而发生的变化，它传递出来的信息是打破一个旧我的框架，试图重建一个全新的自己。但讨厌和反对的，最终还是要以爱作为立场，而爱的不可言说性又让它成为禁忌。这种矛盾心绪源于诗人灵魂的冲突，其诗歌中潜在的悲剧意识赋予了反省以幽暗色彩。虽然诗人提出的讨厌与反对是明确的，但其背景却又有着异于常态的人生纠结感。也许爱是一种本能，诗人将这一本能修辞化了，他有爱的能力，在这种爱之能力的唤醒中，爱的书写也就自然成为一种具有自我启蒙意味的存在诗学。

可以说，杨光的诗歌都是围绕着爱在延伸、拓展和深化，爱的修辞压低了诗的音量，所以他总是选择在低音区里潜行，虽然他时而有着高昂的格调，但更多时候还是触及变化中的存在。诗人的敏锐就体现在对生活常态中富有诗性的一面的探索和挖掘，“只有人至中年／面对这白茫茫的一片／才对芦苇有更深切的理解。// 也才渐渐领悟／夕阳染上它们苍茫首领／为什么像血。”（《芦苇》）在生活的观看之道中融入对自然和人世的理解，是杨光诗歌写作的出发点，也是他遵从的诗性逻辑。在这一转换中，常态的经验如何变构出新的诗意，并形成持续性的张力，对他来说也是很大的挑战。因为过多的日常经验的重复使用，一方面，它会导致诗的芜杂和琐碎之感，另一方面，难免会造成写作的同质化倾向。就是在这一前提下，杨光一直力图避免陷入重复书写的困境，在过多的宏大抒情中，他还是主张回到个体内部寻求细节的独特性和丰富性。比如在《隐喻》一诗中，他以近乎白描的方式写出了墙上的螺丝钉掉下来的过程，“一枚螺丝钉从墙上掉下来／在餐桌上弹跳几下／然后落向木地板／又弹跳几下，然后落进沙发底下／再然后，是声音停顿后的巨大寂静”，这一连串动作足够细微，如同一幅动态的影像画面，这体现了诗人的写实能力，但如果仅仅满足于写实，其诗意的生成或许会大打折扣。诗人在不经意处留下了一个带有悬念的结局：“这枚锈死的螺钉是从墙上的挂钟里掉下来的／来自永恒的时间”，他既告知了螺丝钉的当下结局，也将结局指向了某种未来的永恒性。在这种带有强烈时空感的诗歌中，诗人倾注的不仅是修辞创造的力量，还有从写实到务虚的转化能力，这种升华考验的是诗人的格局和心性，也有他接纳和感受生活的敏锐认知力。

十年前，我曾在写杨光诗歌的一篇评论文章里谈到，他的诗歌写作还没有定型，其风格正在形成之中，这在当时是一种预测。十年之后，再来看杨光的诗歌，他似乎仍然在变化之中，仍然没有形成固定的风格。他在诗歌中流露的矛盾和冲突，包括他不断地进行的自我调整，从某种程度上说正是他保持探索热情的重要见证。打破风格固化也从侧面证明了他的不确定会留给诗歌更大的空间与可能性。我也愿意从这一维度再来理解杨光不断超越自我的努力，正是他在确立了最后的方向和终极目标后，还是没有放弃对诗歌边界的探寻，成为他立足于过程美学而落脚于实体想象的诗学抱负的价值之所在。

杨碧薇专栏

YANG BIWEI's Column

最后的作者电影

最后的作者电影

——第六代电影中的诗意表达

杨碧薇

提到作者电影（cin é ma d'auteur），就绕不开特吕弗（Francois Truffaut）的《四百击》（1959），戈达尔（Jean-Luc Godard）的《精疲力竭》（1960）。20 世纪 50 年代，“作者电影”诞生于法国新浪潮中。在此之前，西方文学已经注意到了“作者”的存在。艾布拉姆斯（M.H.Abrams）在其《镜与灯：浪漫主义文论及批评传统》中指出艺术批评的四个坐标：作品、艺术家（作者）、世界、欣赏者。这里所说的“艺术家”，就是作品的创造者，也即“作者”：“由于作品是人为的产品，所以第二个共同要素便是生产者。”[1] 自 20 世纪 30 年代以来，循着英美新批评的脚步，“作者”的地位开始被“文本”取代；20 世纪中后期，结构主义和随后的解构主义都对“作者”进行了无情否定。福柯（Michel Foucault）提出“作者的消失”，巴特（Roland Barthes）也直言“作者死了”。

有趣的是，尽管文学领域放逐了“作者”，电影却接过了它，使它再度成为影响世界的理论。1954 年 1 月，特吕弗（F.Truffaut）在《电影手册》第 31 期发表《法国电影的某种倾向》，首次提出了电影“作者”概念。之后，他又与戈达尔（Jean-Luc Godard）、夏布罗尔（Claude Chabrol）等人提出了“作者电影”理论。这一理论明确了“作者”（导演）的作用，认为“电影和导演是不可分的，本质上而言是同一物的”[2]。按照这一理论，导演在电影拍摄和制作中应处于中心位置，并且应该具有个人风格的连续性，即“必须至少符合以下两种特性：对影片的制作及创作过程有绝对的控

[1] M·H·艾布拉姆斯：《镜与灯：浪漫主义文论及批评传统》，郦稚牛等译，北京：北京大学出版社，1989 年，第 5 页。

[2] 马力、刘辉：《当“作者论”遭遇“结构主义”——论传统“作者”电影理论》，《当代电影》，2005 年第 3 期。

制权，以及作品题材选取上一贯的个人主题延续”[1]。

“作者电影”理论也深刻地影响了中国电影。戴锦华指出，“恐怕没有比‘作者论’更深刻地影响第四代、第五代创作的了。至少在整个80年代，每一个中国大陆电影导演都在追求成为‘电影作者’，而且作者论的精髓——导演中心、编导合一，在第五代出世之后一度空前地强有力”[2]。其实，第六代的形象也与作者电影紧密地联系在一起。以张元、王小帅、娄烨、王超、路学长、管虎、贾樟柯、张扬、宁浩等人为代表的第六代，大多有较好的专业训练和专业之外的综合素质，这为他们自编自导提供了必要条件；同时，他们在早期也面临着资本投入和制度保障等问题，因此普遍采用较小成本的制作方式；在视野、内容、质量上，他们则尽量向国际看齐，力求能凸显风格、自由表达。这样的操作方式，对当时的第六代而言是最优策略。第六代也不负众望，创造出具有强烈个人风格的作品。这些作品为他们赢得了口碑，成为他们不可或缺的个人标识、文化名片，也为他们下一时期的创作积累了条件。

在第六代导演中，贾樟柯是作者电影的重要代表。他早年有良好的文学基础，在考入北京电影学院之前，就发表过小说，受到山西文坛的关注。然而，一心追求电影梦的他还是义无反顾地来到北京。自1995年的《小山回家》始，至2022年，贾樟柯已创作了超过20部的影像作品（包括电影、纪录片、广告短片等）。他的电影里有一些一以贯之的元素，如对故乡的凝视、对远方的渴望、对边缘人群的关注。这些元素和诗电影的特征相融合，构成了贾氏电影的基本形态，也使贾氏电影成为最典型的作者电影。对此，有研究者指出：“贾樟柯作为艺术造诣与个人表达兼具的第六代导演代表，他的作品是典型的作者电影。贾樟柯对于现实题材的把握是细腻的，他的电影语言运用是平稳而舒适的，所以他的电影保持一种褪去浮华的自然真实之感。”[3]本文主要以贾樟柯为例，考察第六代作者电影中诗歌结构的嵌套，指出其基本特征，分析它们是如何在“作者”的统领下完成诗一般的讲述，并表现出难以复制的诗的特性的。

首先来看诗歌的结构。无论东方或西方，在古典时期，诗歌的内在结构都是整一的，有一以贯之的整体性。以《荷马史诗》为代表的西方叙事诗，有着完整的故事结构，从故事的开始，到发展、高潮、结尾，内容循序渐进，中间没有“悬空”。中国古代的叙事诗，如《孔雀东南飞》《木兰诗》《长恨歌》等，虽篇幅较短，结构亦大抵如此。这种情形同样适用于抒情诗（lyric）。抒情诗常常只关注一个片段，从生活的横截面中来，但即使是在片段中，诗人的情感、诗思都是连贯的，强调一气呵成，不存在分

[1] 雅克·奥蒙、米歇尔·马利：《当代电影分析》，吴珮慈译，江苏教育出版社，2005年，第26页。
[2] 戴锦华、永意：《革命·意识形态批评·文化研究：1968年5月与电影》，《电影艺术》，1998年第3期。
[3] 王佳男：《我国作者电影的历史、现状与未来》，《青年记者》，2018年第30期。

隔或打断的情形。因此，古典汉诗是可以用现代汉语改写成短篇散文的，前者在思维上和（叙事性的）散文一样具有连续性。对此，废名有言："以往的诗文学，无论旧诗也好词也好，乃是散文的内容。"[1]

在西方，亚里士多德（Aristotle）最早对诗歌提出了整一性的要求："史诗诗人也应编制戏剧化的情节，即着意于一个完整划一，有开头、中段和结尾的行动。这样，它就能像一个完整的动物个体一样，给人一种应该由它引发的快感。"[2] 在中国古代，整一性也就是"一线穿"。刘熙载总结："凡作一篇文，其用意俱要可以一言蔽之。……治繁以简，一线到底，万变不离其宗。"[3] 文学里的整一性，与农耕文明的内在逻辑是相匹配的。现代文明发生之后，自给自足的生存模式被破坏，个人主义、个体意识日益高涨，一种整一性的逻辑不可能再继续。诗歌的变化与之相伴。

胡戈·弗里德里希（Hugo Friedrich）对现代诗歌的特征有着准确的把握："方向丧失、通常物消解、秩序瓦解、内在统一性消失、碎片化倾向、可颠倒性、排列风格、去诗意化的诗歌、摧毁性闪电、切割性图像、粗暴的突兀、脱节、散焦观看法、间离化。"[4] 诗歌中的"断裂"因子越来越多，诗句与诗句之间越来越跳跃，空挡和断层随处可见，诗歌已无法再用散文的语言来改写。于是，现代诗歌也成了断片式的文体。去整一化的断片，正是个人主义意志的高扬，标志着诗歌从"群"走向了极度个人化。断片还有利于诗人充分发挥个性，捕捉稍纵即逝的灵感，塑造个人风格。对于断片，波德里亚（Jean Baudrillard）由衷赞道："断片式的文字其实就是民主的文字。每个断片都享有一种同等的区别。"[5] 蒋蓝亦有言："最适合个人思想表达的文体，往往是断片式的，而非体系性、制度性的高头讲章。"[6]

从第四代到第六代，电影诗学的转变也清晰可见。在诗意的表达上，第六代相当程度地摒弃了整一、和谐的诗学观念，代之以碎片化、不和谐性。正如陈旭光所言："第六代影片表现出以叙事游戏和解构精神来对抗并瓦解颠覆现代性的整一性和整体性的文化变革意向，这是在向整体性宣战。"[7] 在第六代里，贾樟柯的电影就明显地嵌套了现代诗歌的结构，向"整体性"发起挑战。其诗化结构主要体现在以下两个层面。

[1] 废名、朱英诞：《新诗讲稿》，北京：北京大学出版社，2008年，第12页。
[2] Aristotle. Poetic，张中载编：《西方古典文论选读》，北京：外语教学与研究出版社，2000年，第62页。
[3] 刘熙载：《艺概·经义概》，郑颐寿主编：《辞章学辞典》，西安：三秦出版社，2000年，第556页。
[4] 胡戈·弗里德里希：《现代诗歌的结构：19世纪中期至20世纪中期的抒情诗》，李双志译，周宪主编，南京：译林出版社，2010年，第40页。
[5] 波德里亚：《断片集：冷记忆3》，张新木、陈旻乐、李露露译，南京：南京大学出版社，2009年，第13页。
[6] 蒋蓝：《一个随笔主义者的世界观》，《天涯》，2010年第1期。
[7] 陈旭光：《抒情的诗意、解构的意向与感性主体性的崛起——试论第六代导演的"现代性"问题》，《杭州师范学院学报》（社会科学版），2005年第1期。

一是叙事结构。可概括为“断片、反整体性、诗思统摄”。

“‘诗的剪刀’就是叙述的呼吸。”[1]

在电影中，如何安排叙事，关系到诗意的呈现。相对于剧情电影而言，在偏向于诗电影的作品里，事件往往是生活化的、平缓的，缺乏巨大的冲突及戏剧性。“开始一发展一高潮一结尾”的传统叙事模式，被“平淡到底”的叙事模式取代，狂风巨浪不再涌现，情绪的微澜成为影片最好的情感花边。塔可夫斯基（Andrei Tarkovsky）在叙事上就深得平淡之味，他说：“我发现诗的连接、逻辑在电影中无比动人；我认为它们完美地让电影成为最真实、诗意的艺术形式。”[2]他著名的诗电影《乡愁》就没有什么强烈的冲突，更是放逐了戏剧性高潮。影片的深意，对于存在和归宿的思考，都缝在淡淡的情节中；观众只有从形而上的高度，才能把握住影片的宗旨。

贾樟柯早期的电影在叙事上有意向诗靠拢：不以强烈的情节取胜，但求诗一般的质地（抒情质地、美感质地）能均衡地铺排；事件缺乏冲突，却更贴近人之常情，具有亲近感；讲述时，对某一特定时空的人群进行全面观察，视角更接近于非逻辑性的散点透视；叙事节奏平缓，不急于推进情节，通常缓慢甚至略显拖沓。

以《站台》为例，主角是尹瑞娟和崔明亮，但在影片后半部分，尹瑞娟的戏份并不多。崔明亮在遭到尹瑞娟拒绝后，离开故乡，开始随团演出。在他的演出经历里先后出现了表弟三明、双胞胎姐妹等人，崔明亮这一条主线被众人物所穿插分享。影片中还有另一对情侣张军、钟萍。与尹崔二人相比，张和钟的戏份也不少，从时间量上来说，基本可以与尹崔平分秋色。由此可看出，《站台》并不是着力于某一人物的故事，而是将人物放在特定的时间、空间背景中，以散点透视来反映时代。同时，影片在叙述时，节奏并不快，演员的台词也不多，很多时候是以具体情景和场面调度来烘现人物的情感。例如，尹瑞娟和崔明亮一前一后地站在城墙下，两人先是有一搭没一搭地说着话，后来尹说到自己要去相亲，崔明亮心里不舒服，两人就没话了，只是沉默地站在雪地上。这个片段并没有用近景镜头去直观地记录人物的表情，而是用一个长镜头，以全景的视角交代了空间和及二人的位置关系。位置关系既是心理距离的反映，又是含蓄、羞涩的时代文化的写照。整个画面由明暗两种色调构成，明的部分是白雪和天空，暗的部分是发黄发黑的城墙。明与暗的界线是倾斜的，两人就站在这条斜线上，怀着各自的心事。这一片段台词不多，但场面调度已经完成了叙事兼有的表意功能。《站台》的情节平缓，相对来说，最为激烈的情节当推钟萍生气，但这一幕放在日常生活中，也是再正常不过的，并不是什么惊天动地的事。除了这一个情节，一切的涌动都在情感的暗处自然过渡：尹瑞娟后来也结婚生子了，

[1] 基多·阿里斯泰戈：《电影理论史》，北京：中国电影出版社，1992年，第131页。
[2] 安德烈·塔可夫斯基：《雕刻时光》，陈丽贵、李泳泉译，北京：人民文学出版社，2003年，第14页。

观众看到她哄孩子时，自然知道她的梦想已经封存了。而这个过程中她经历了什么，却远在银幕之外，留给观众猜想的余地。

《站台》里还有许多小故事，每个小故事可以独立成一个片段，生动地再现当时的生活。如钟萍烫头发、三明去做煤矿工、双胞胎跳舞。贾樟柯的另一部电影《天注定》，容纳的“断片”也不少，叙事节奏更有现代诗歌的跳跃感。现代诗歌里，句子之间存在着“断裂”，难以用散文式的语言去“转译”；但在一首诗的语境内，跳跃的句子都被同一种诗思所统摄，不同句子共同反映出这首诗的感情向度。同样，《天注定》由四个故事构成，也就是说有四根叙事主线。围绕着叙事主线生长的还有众多的枝蔓（叙事副线）。这些情节看似跳跃，彼此没有什么具体关联，但它们合在一起，就再现了中国社会的面貌；不同的叙事线索，都被一条看不见的主线“提”着。

二是意义结构，可概括为“综合织体与类型诗眼”。

如果说第四代电影的诗意表达相对简单，充满古典色彩，那么，第六代电影的诗意表达就复杂得多。在第六代电影中，诗意与意义结合成不可分割的综合织体。尽管在后现代语境中，第六代的诗意表达也面临着不确定性、分裂性、解经典化等问题，但隐形的诗眼并没有离开电影的意义结构。在第六代的作者电影中，不同的意义结构自身就是诗眼所在。

古典汉诗的灵魂是情感，古人认为“诗者，根情”。在西方传统的文类划分中，抒情（lyricism）是一个重要的门类（另外两类是叙事与戏剧）。浪漫主义更是大大提高了抒情在诗歌里的地位。而在现代诗歌中，抒情已不是唯一的评判标准。语言本体性日益凸显，甚至代替诗情，在诗歌中霸占首位。同时，现代诗歌还注重经验、注重智性的开掘，强调诗思的重要性。一切现象都表明，现代性对诗歌提出了更多、更复杂的要求，这意味着抒情的门槛降低。对于现代诗歌来说，单有抒情是不够的，它还必须是语言、智性、审美等方方面面的综合体。在这个综合的织体中，现代诗歌具有独特的意义结构。

贾樟柯的《三峡好人》，正是现代诗式的意义结构的典范，影片的诗意蕴含在综合织体中。以人物为基准，影片有两条主要的叙事线索：三明寻妻、沈红寻夫。从时间和空间来看，三峡的历史性变化才是主要线索。在不同线索的交叉里，影片呈现出立体的意义涵指：有大时代中小人物的生存悲欢；有对劳动和对普通人的敬意；有世事的无常、生活的必然与偶然；面对即将消失的奉节城，有遗憾和怀念；也有对未来的殷切期许……由于影片本身具有丰富的意义层次，是复杂的、多样的、充满歧义的，我们对影片的解读也恰如解读现代诗歌。

在美学上，影片的处理也紧紧勾连着内在的意义结构，美学主张与意义结构有机结合。例如，影片采用一种纪实性的拍摄手法。首先是将人物活动放在一个更广阔的记录背景（而非人为布景）下，在留住史实的同时又盘出一个虚构的故事，于虚实相生中呈现人世常情与人生况味。其次是废墟上的噪音被如实地囊括，在现实之中超越现实，表现出现代的诗意。诗人西川在谈论《三峡好人》时注意到：“这种巨大的噪音，那些敲敲打打的声音，平时让我们觉得乱七八糟的声音，在贾樟柯的这个电影里面却获得了一种诗意。这不是传统意义上的诗意，而是贾樟柯自己发现的诗意。另一种诗意。”[1]

意义结构不只是单独存在于一部影片里，在作者电影中，它是一以贯之的，有承续也有深化，形成了某种类型化特征。这也就是说，作者电影中会有一些系列的母题，组成具有作者风格的意义结构，这些类型化的意义结构本身就是影片的“诗眼”，是理解影片、领会影片情感、诗美和价值的关键通道。在贾樟柯的电影里，这个意义结构／诗眼就是故乡（《小武》《站台》《山河故人》《任逍遥》）、远方（《站台》《三峡好人》《江湖儿女》）、变迁（《三峡好人》《二十四城记》《山河故人》）、现实（《小武》《小山回家》《任逍遥》《天注定》）、江湖（《天注定》《江湖儿女》）等。我们可以看到，一部影片中往往交叉着多条意义线索，而一条意义线索，也会在不同的影片中轮番出现。以“变迁”为例，《三峡好人》（2006）、《二十四城记》（2008）、《山河故人》（2015）都有历史的纵深感，贯穿着“时间”这一古老命题。“变迁”又与“现实”有交叉，如《二十四城记》就反映了国营老工厂三代人的差异及现状，指出在城市化发展过程中，城市变迁给人的生活造成的影响。而到了《山河故人》中，空间的跨度更大，从山西小城到澳大利亚，贾樟柯的视点开始“走出去”，影片反映的现实也开始具有全球化进程下的离散（diaspora）特征。总的来说，从叙事与意义两方面，贾氏电影完成了对现代诗歌结构的嵌套，影片与诗歌、诗性有着紧密的内在联系，而这正是电影诗意呈现的根基。

近年来，第六代导演开始迈向更大的舞台。中国电影的消费性、娱乐性、狂欢性时代也在此时到来。第六代的群体形象逐渐涣散、模糊，而他们之后，更年轻的一批导演被称为“新力量”。在市场需求下，新力量电影的诗性也必须具备可消费性。这就要求新力量导演在充分发挥个体能动性的同时，还应服从市场体制，以“体制内作者”的身份平衡多方力量。以毕赣为例，用现代意义上的“作者电影”来概括其《路边野餐》《地球最后的夜晚》是远远不够的。在新力量导演手下，电影诗性开始走向综合：一是文学层面、电影本体层面、市场层面的诗性的有机融合；二是传统与现代的交响，这些影片既有漂浮滑动、歧义丛生的后现代诗性，又有向古典美学回溯的态度；三是精英性与大众性的兼顾，使影片有更广泛的普适性，同时不失精神的高度。

我在前面两期文章里梳理了第四代、第五代电影的诗性特征。其实，自第四代电影至今，中国大陆电影中的诗性有着从古典美到市场化的衍变路径。在这一过程中，中国大陆电影经历了古典、现代、后现代几个阶段；每一个阶段性的转变，都对应着代际的转化。同时，阶段性转变与代际转化之间又不是无缝衔接的，几个代际常常处于共同的时间和场域里，在其交叉、更替的模糊地带，也正是古典、

[1] 北岛主编、欧阳江河执行主编：《中国艺术电影》，南京：江苏文艺出版社，2011 年，第 233 页。

现代、后现代各自转轨的关键之处。在这些更为幽深的层落和缝隙里，电影呈现出更错综复杂的一面。

直至今日，第六代的作者电影风格仍在隐隐延续，但当他们的影片具备了更多商业性时，作者电影的印迹就逐渐褪色，让位于新的元素（如剧情）。同时，随着电影工业体系的进一步完善，资本的来源更为多元化，多方势力的掣肘，在很大程度上限制了导演的力量。电影的商品属性在今天的中国也越来越突出，影片的拍摄、制作和宣发必须考虑到市场需求，而不是一味地满足导演的个人趣味。一切现象都表明：第六代导演的新作正在从作者走向集体，从小众走向大众，从抒情走向叙事，从文艺走向剧情，从小成本走向资本化，从艺术走向商品。以目前的电影发展趋势来看，继第六代后，在短时期内，不再会有大规模的作者电影出现。

这一现实也可佐证代际命名在中国电影里的失效——第六代以后的导演，很难再以“第七代”“第八代”的命名来划分，而“新力量”也只是一个历史阶段中暂时的指称。饶曙光早就指出，“以贾樟柯为终结，以宁浩为开端，新一代导演进入了‘无君无父时代’”[1]。在时间的长河里，如此频繁、密集的代际划分本来就是可疑的：“原本就并不清晰的代际关系，在这种商业化的社会语境中与资本运作沆瀣一气，使得它们自身更难被断定，所以也就不能再用‘代际’对他们进行整一性的归类划分。”[2]是时候抛弃电影的代际划分法了。现在，在日渐国际化的互联网 / 大众文化语境下，所有代际都处于同一个现实中，这个现实就是电影工业化的现实，就是商业和资本的现实。

[1] [2] 虞吉、葛金松：《中国电影导演代际划分的终结》，《当代文坛》，2015 年第 5 期。

草树专栏

CAOSHU's Column

语言而不是词

语言而不是词

——由《自 1979 年 3 月》说开去

草树

一

厌倦所有带来词的人，词而不是语言，
我走向雪覆盖的岛屿。
荒野没有词。
空白之页向四方展开！
我遇到雪上鹿蹄的痕迹。
语言而不是词。

——《自 1979 年 3 月》，李笠译

瑞典诗人特朗斯特罗姆这首诗广为流传，或许因为它非常生动地表达了某种语言观念，在读者的头脑回音室产生了某种共鸣。一个诗人在艺术上的自觉和成熟，往往要考量其对语言的认知和态度，或者说作为一个写者的姿态。词是语言里最小的单位，语言离开了词就很难运作，为什么诗人会厌倦带来“词”的人呢？词的“不受待见”是因为它孤立，被意义束缚？词，“意内而言外”，（《说文》）在表意的语言系统即汉语中，它和字的区别只是在音节上。但在一首诗里，词所面对的谈论范畴不是语义学，而是语言学。特朗斯特罗姆将词和语言置于一种对立状态，“厌倦所有带来词的人”，“词”在他这里是属于语义学的，他对语言的定义意味着诗歌写作类似于开拓荒野，是全新的创造或发现，是最初出现在一个人语言视域里的存在。“礼失求诸野”，换句话说，诗歌写作，如果在陈旧的意义里兜圈，而不是类似于拓荒，诗歌的原创性就无从谈起。

词，语言，我们谈论它们如果离开了具体的语境，就很难界定它们的真正含义。在诗学层面谈论词或语言，自然是从语言学层面出发。曼德尔施塔姆说：“赫列勃尼科夫忙于搬弄词语，像一只鼹鼠钻进土地深处，为整个世纪挖通一条进入未来的路径，而莫斯科形而上学派的代表们，那些自称为意象学派的人，则为了把语言弄得更当代而令自己筋疲力尽。然而他们依旧远远落后于语言，而他们是注定要像众多废纸一样被扔掉的。”在此上下文中，曼德尔施塔姆之“语言”，大抵是指那些为语言而语言的语言——修辞化，没有生命力灌注的语言，是要“远远落后”真正的语言的。曼德尔施塔姆批评的是那些形而上学派和意象派某种空洞修辞或抽象美学，他说未来主义诗人赫列勃尼科夫搬弄“词语”，不是在知识的仓库里而是在“大地深处”。特朗斯特罗姆厌倦的，大抵也是那些玩弄“词”的形而上学或致力文学进步论的人。“词而不是语言”，诗人在此对它们坚决地予以区分。白雪覆盖的岛屿，就像孤立的词。不，诗人说，“荒野没有词。”特朗斯特罗姆的诗观是，“诗是对事物的感受，不是再认识，而是幻想。一首诗是我让它醒着的梦。诗最重要的任务是塑造精神生活，揭示神秘。”可见其诗学是将语言从现实和物质性功用中抽离出来，同时也谨慎地离开了认识论的场域，雪上的鹿蹄与其说是自然的痕迹，不如说是存在的痕迹，不是词而是语言，几近于在宣称“语言即存在”。白雪覆盖的荒野和空白之页的并置，很有几分东方美学的神韵，词与物的兴会式关联，“暗通款曲”，而不是西方诗歌传统意象化的捆绑式指认。

走向白雪覆盖的岛屿的诗人，一定是语言之途历尽艰辛的跋涉者，是最终能够发现“语言的意外”的人。“我遇上雪上鹿蹄的痕迹”，“语言而不是词”，荒野因此有了勃勃生机，空白之页有了语言。它同时表现一个诗人对于语言的态度，以及建设语言能指形式的方式。特朗斯特罗姆走向白雪覆盖的岛屿，向空白探寻，是一个真正的写者的姿态，而不是一个知识仓库里的搬运者。在某种意义上，赫列勃尼科夫在大地深处，类似坐在贝尔法斯特书房里的那个挖掘者，写作成为一种向内心和黑暗挖掘的行动，那带着凉意和坚实的马铃薯是语言，那泥沼地的泥炭是语言，还有马铃薯地和泥沼地没有显身而已经存身于泥炭和马铃薯之间的，也是语言。谢默斯·希尼持续一生的创作坚持一个“挖掘”的姿态。赫列勃尼科夫同样是一个挖掘者，只不过他不是以铁锹而是以鼹鼠的爪子。那土洞里盘出新土和土洞另一端的光亮，也是语言。

一个诗人的语言观念决定了他的语言态度，而后者表现在语调上和形式上，更是一个诗人看待世界方式的表现。写作的秘密快乐在于，诗人俨然一个语言国度里的国王，但如果诗人果真将自己视为国王而无忌，就必定丧失对语言的敬畏之心。这种敬畏心足以在一定程度上生成一种“语法”并使得诗人服从于“语法”，诗人不是把语言当作工具而是魂灵般的存在，像敬畏荒野或空白一样敬畏语言，便能在充满不确定性的荒野找到某种可能性：白雪覆盖是一次大规模的清空，历史意义不存在或深埋于冰雪大地之下。

二

词语是神灵般的存在。古米廖夫这样写道："我们已忘记唯独词语 / 在烦忧的土地照耀，/ 忘记《约翰福音》写道 / 词语就是上帝。/ 但我们把它的范围限制在 / 这个世界可怜的疆域里，/ 于是空巢里死蜂 / 死词语也散发一股腐臭。""词语就是上帝"，上帝是超自然的存在，词语作为一种超自然存在先于语言之前，是魂灵，或气息，它们死去了散发腐臭，换句话说，它们只有具备生命、有活生生的肉身，才可能生成真正的语言。曼德尔施塔姆为词语的困境找出一条路径，"当一个词被它的本义缚着，还有什么可做的：这不就等于奴役吗？但一个词并不是一个物。它的意义并不是对它自身的一种翻译。事实上，从来没有发生过任何人给某物命名、用发明的名字称呼它这件事。最适合的，以及就科学的角度最正确的方式，是把一个词当成一个意象，即是说，一种文字表述。依次，便避免了内容与形式的问题，语音即是形式，其余即是内容。同样地，把基本意义赋予词语，而不是赋予它的语音本质这个对立的问题也避免了。文字表述是现象的复杂合成物，它是一种联系，一个'系统。'"曼德尔施塔姆的这一语言观，规避了形式和内容的二元对立，这个一元论"系统"，就像老子之"道生一，一生二，二生三，三生万物。"词语由此在象征主义的二元对立中得以调和，成为一种语言的原发状态，或者类似"受孕"的状态，一种不是通过指认或因果关系，而是依托联系性原则的建立的全新诗学伦理。它在诗歌发生学的机制里，从根本上拒绝既成意义的束缚，"打开了广阔的视野"，创造了一种"有机体诗学"，"一种具有生物属性而不是立法属性的诗学。"我们不妨以《诗章》为例，对曼德尔施塔姆的诗学发生机制做一次考察。这首诗的核心意象是"褶缝"：小个子的曼德尔施塔姆，穿着军大衣的款式，"鼓鼓囊囊挂在胸前"，"背后有一道褶缝"。军大衣款式的统一，是那个时代实行布尔什维克化的手段之一，是每个人必须接受的一种规约。这道褶缝，即词语，是得自"语言的观看"，诗人于此看到了自我的"褶缝"，人与人之间的"褶缝"。这道"褶缝"像闪电一样在黑暗中放射开来，光亮所及，既有诗人的态度："我不想在温室的少男少女中 / 挥霍掉灵魂最后一个便士。我走向世界，/ 孤单的农夫走向集体农庄，/ 发现人们是这样善良。"也有诗人的行动——诗人不惜"以诗试法"。同时他也没有将自己美化为一个时代的英雄，而是拒斥它是"一道该死的裂缝，一种荒谬"的时候，没有忘记将自己的困境置入这道词语的光亮中。这与其说是自我的亮相，不如说是犀利的反讽。这是一种关于词语的"文字表述"，是基于一种联系性原则在更为广阔的视野下审视词语时照亮的一切。我们也不妨说这道"褶缝"裂开了诗人命运的地表，将一切裸呈于语言："你想这时我是如何大汗淋漓地 / 在亲爱的老切尔登城四处奔走，/ 在陡然开阔的河流的气息中，/ 不敢停下来去看山羊拌嘴——"，或者"当我长大成人变成一个目击者，/ 她立刻盯上了我，像一面透镜 / 用一道海军部反射过来的强光将我点燃。"词语，在此显示了强大的生殖力，"刽子手花匠"，睁着眼睛的"瞎子"，都是它的畸形产儿，而调得像伊戈尔歌声的"琴弦"，"潮湿的黑土地"，堪称其诗性正义的"合法继承人"。

曼德尔施塔姆发明了伟大的词语诗学，其诗学和写作，为阿克梅派树立了鲜明的旗帜，打破唯我论，清空象征主义淤塞的航道，致力于在语言中重启人的感知力，建立一种以人为中心的诗学，不再躺在“公民”的概念上打鼾，词和语言也不再割裂、对立，词语成为发生状态的语言或一首诗的发轫，不再有“意义”的束缚或“离间”。曼德尔施塔姆的两位最重要的译者或读者——英语读者谢默斯·希尼和德语译者保罗·策兰，都声称受到了他的影响。谢默斯·希尼说，“你得到一首诗的探访的确认，又受到下一首诗的躲避的威胁，而最好的时刻是当你的心灵似乎发生内爆而词语和意象自动奔入旋涡的时刻。”他这里的“词语”显然不同于《自 1979 年 3 月》语境中的“词语”，而是与曼德尔施塔姆关于词语的观念是一致的。同时他还十分形象地阐述了后者的诗学超越有用性的卓越。“他的工作只是饰带制造者那种意义上的工作，也即是制造一种设计，它是‘空气、孔眼和逃学’；或者是甜甜圈烘烤师傅，也即制造古怪的洞而不是有用的生面团。”曼德尔施塔姆的词语诗学是语言学或美学的，非语义学的，“以人为本”，但不是人类学的考察，它首先是语言学的，其次才是美学的，对希腊文化的眷恋使它在现实的恐惧深渊获得某种超越性，从而获得腾跃之力，让虚无主义羞于哀叹。

曼德尔施塔姆从来没有声称自己是一个受难的英雄，也从不展开伦理性批判——尽管他处身的时代充满黑暗和恐怖，他专注于词语，以身体五官去敏锐地感知他所生活的时代，因而他的诗歌呈现出强大的见证的力量，探幽烛微于一个时代的灵魂的神经末梢，而非在精神的高蹈和形而上的想象上，去拓展精神的空间。因而他的词语诗学有一个基本的支点，即以人为中心，这个人是一个个体，也是集体，是一个真正意义上的人，由此他在《论交谈者》一文中最初提出了“诗是对话或对话性存在”的观念雏形。保罗·策兰则声称从这位白银时代的大师那里学到了对话性诗学，并吸收马丁·布伯的思想，极大地发展了这一诗学。这种对话性当然基于对词语的敬畏和理解，将生命作为一个语言之场祭献于诗，给予诗以某种信念甚至是信仰的伦理高度。谦卑的对话姿态，当然是事物合适的联系和沟通方式，其蕴含的深刻的民主意识，自然超越了现代主义的带有立法色彩的诗学或浪漫主义先知式的抒情。当然策兰的诗歌语言，由于其特定的境遇和所处时代的人文氛围，没有曼德尔施塔姆的直接性，特定的历史处境使他不得不从更隐秘的幽径寻找偏远的语言形象，但同样是在能指的层面展开语言学的勘察。比如《雪的款待》，“你可以充满信心地 / 用雪来款待我：/ 每当我与桑树并肩 / 缓缓穿过夏季，/ 它最嫩的叶片 / 尖叫。”（王家新译）对于策兰来说，犹太人在集中营的残酷事实和苦难记忆，不是一场雪可以抹去的，“雪的款待”暗含反讽，“你”，不是具体的某个人，而是他所置身其中的时代，“你”的出现，即将诗歌置入一种对话结构。即便时代像冰雪一样试图抹去犹太人的苦难存在，抹去幸存者的记忆，即便那个时代过去了，到了明媚的夏季，但是深埋在大地深处的“尖叫”，就像桑树“最嫩的叶片”。当然任何关于策兰诗的解读，都可能造成误读，我们只是基于词语诗学的联系性原则，在词语的声音和形象之间，感受某种残忍的诗意，它越是以对话性的谦和姿态呈现，隐晦而不直陈其残酷，让诗从沉重抽离，越是具备一种伟大的隐忍。

三

汉语新诗在我们称之为当代诗的时候，是因为它已经建立在语言观念彻底变革的前提上。第三代诗人在语言观念上的变革，在某种意义上，改变了文学的历史进程，韩东是这一方面的杰出代表，他的“诗到语言为止”，成为当代诗歌写作的语言意识风向标，是语言观念变革的一个标志性符号。韩东之“语言”，是建立在对世界的理解的基础上。他之谓“超自然一语言一超自然”，并非三段论，有点类似于中国古典哲学的观念：无 一 有 一 无。他对语言的阐述，申明了“语言即存在”的共识，也给出了超自然的维度，从而摆脱虚无主义的魅影。韩东近年来的写作收敛了二十世纪八九十年代的先锋姿态，更加沉潜、专注，而倾向于一种超越性姿态。然而，每一个诗人的写作，必不能脱离其处身的时代而成为一种超然存在，时代是诗人必须面对和不能逃离的一个巨大的语言场，第三代诗人反对朦胧诗的英雄主义，并不意味着其写作在诗歌意识形态上就有着某种理所当然的政治正确，相反，朦胧诗同样有它存在的价值和理由。不论朦胧诗时代的诗人是否摆脱语言工具论的羁绊，但是就其文学影响而言，朦胧诗完成了那个时代的文学使命。1985 年，张枣在重庆第一次见到北岛，直言不讳地说：“我不太喜欢你诗中的英雄主义。”北岛听着，——据诗人傅维回忆——他好一会儿没有说话，听张枣把所有想法说完了以后，没有就张枣的话做出正面回答，而是十分遥远而平静地谈到了他妹妹的死，谈到他在白洋淀的写作，谈到北京整个地下诗坛的状况，最后说，“我所以诗里有你们所指的英雄主义，那是我只能如此写”。北岛的话体现了一个长者的修养，平静而雄辩。其实他的回应表现了一个睿智的隐而不发的观点：谈论任何一个诗人，都不能离开其所在的时代以及那个时代的语境，否则我们就会坠入另一种文学进步论。

当代诗人陈先发说：“一个人在夜间独自聆听的沉默，是一种语言。无端端在心中回旋又难以言喻的旋律，也是一种语言。《毛诗序》说‘在心为志，发言为诗’，此处的‘志’，类似于当代的语言概念。而写作，形成的是对词语的驾驭力。词语是派生的、短促有声的，而语言是母性的、漫长的、充满静穆的。我一直主张在词语的组合上，保持充分的弹性，以便在一首诗内部形成尽量多的空白，为那些不能显形为词汇的语言留置更多的呼吸空间。这几乎是在说，空白，其实是一种最重要的语言。”陈先发从诗学层面，清晰地阐述了词和语言的关系，在这里他言及的“词语”更近于特朗斯特罗姆之“词”。显然语言对陈先发来说，即是那种白雪荒野上的鹿蹄的印记。他的《从达摩到慧能的逻辑学研究》充满玄学意味，实际上与《自 1979 年 3 月》一样，是一首元诗，即是一首关于诗本身的诗，它全部的描述指向一个诗写者的姿态，是一种抽象的具体，暗示诗写与悟道必须保持同样的谦卑姿态，甚至诗之到来如语言之门洞开，不在刻意的求索中，而在不经意的回望中，类似王国维说的诗的境界，“众里寻她千百度，蓦然回首，那人却在灯火阑珊处。”而《丹青现》的词语罗列，有着强烈的气息灌注，寓示一种精神秩序和价值判断，其强悍的意志，也贯穿在词语密集的呼吸中，我们不难从中看到斯蒂文斯的《坛子轶事》的隐秘投影，彰显时当青年的诗人陈先发，在语言背后透露出“儒侠并举”的精神姿态的写作雄心。而从词语诗学看来，所有的词语之个人化定义，是在同一的语境中生成了一种整体性的价值判断，由于它的形象性而妨碍它向多义性的敞开。

当代诗的写作立足于语言本体，将语言视为与个人生命感官经验和感受密切相关的存在，这样一种观念从根本上改变了诗人对待语言的态度，语言形式也随之发生变化。革命浪漫主义文学的语言观，将语言视为工具，一种思想或主题的表达工具。朦胧诗当然也是一种意识形态反对另一种意识形态，语言的工具地位没有得到根本改观。二十世纪八十年代中期的先锋文学运动，真正从根本上改变了语言观念，即是说，实现了从语言工具论到语言本体论的嬗变。从朦胧诗的公民意识到第三代诗人以人为中心的文学，其间的根本差异在于语言观念，当代诗的写作由此树立了立足语言本体的观念。写作由语言自身建立规约和边界，写作者更多作为一个倾听者而不是一个表达者。当然语言观念的变革，也依仗于西方现代语言哲学的兴起，后现代主义文艺思潮为之生成了适时的气候。但是“带来词的人”，依然比比皆是，于荒野上，于空白处，致力于语言的艰苦劳作的诗人，并没有在当下大面积出现。现代主义文学的影响，以 T.S. 艾略特为杰出代表，其余威犹在。“现在的时间和过去的时间 / 也许都存在于未来的时间，/ 而未来的时间又包容于过去的时间。/ 假若全部时间永远存在 / 全部时间就再也都无法挽回。/ 过去可能存在的是一种抽象 / 只是在一个猜测的世界中，/ 保持着一种恒久的可能性。/ 过去可能存在和已经存在的 / 都指向一个始终存在的终点。”（汤永宽译）这种哲学式的表达，先知式的语调，其影响似乎挥之不去，环顾当下诗写现场，随手拿起一首诗展读，不出几行就会出现“世界”“时间”“尘世间”等煌然大词，诗的音调往往拔地而起，语言的姿态模糊不清，非先知，也不是平凡个人。每一个时代的诗人，每一个不同文化背景中的诗人，如果不能厘清其写作坐标原点，就很难不陷入“词”的意义迷宫，或者成为一种在词语里空转的修辞匠人。艾略特作为二十世纪的现代主义大师，是精英文学的杰出代表，在他那个时代，是时代呼唤文学精英或精神秩序的制造者而非相反。而在当代的人文语境中，诗的任务更多是要呈现一个真正意义上的人的存在，并以此为棱镜折射人的时代处境和他所处时代的精神面向。也许正是因为这样，特朗斯特罗姆厌倦“所有带来词的人”，那些人是以观念的具象言说占据生命感受的语言空间，而不是将语言观念隐含于观看世界的目光中。其写作是“词而不是语言。”站在山巅上谈论世界，以观念而不是感受，以词而不是幻想。站在海边的山巅上谈论大海而不是倾听海浪的喧响和潮汛的节奏。坐在书房里不是倾听语言而是指点江山。每一个时代都会充斥着形而上学的自大狂式的写作，我们这个时代亦不例外。“他们是注定要像众多废纸一样被扔掉的”。莫斯科的赫列勃尼科夫是鼹鼠般低调的诗人，曼德尔施塔姆的声调或许更高一些，但是他从来没有以先知自居，尽管他创造了诗的预言。任何一个诗人的写作，如果其语言离开了生命个体经验的殊异性和人性的通约性，就必不能抵近语言的本质。先锋文学也许是个例外，但是一切的先锋文学，其语言倘不能扎根于人，扎根于个人性的经验和生命感官的直觉，也不过是诗歌的天空中划过的流星。

四

写作上的先锋姿态是语言观念的变革之必须，在当代意义重大，在当下仍然需要它的冷冽风声。它意味着一种坚决的无用性姿态，其意义在于这个时代过于功利主义，现代主义的惯性又是如此巨大。伊沙《车过黄河》的激进姿态，反崇高，反传统，一泡尿显示了崇低的姿态也嘲讽了传统，直接，犀利，在语言观念变革时期如同一枚冲向词语的历史意义堡垒的火箭弹，但是当代诗的真正成熟，却不能永远仰仗于一种空洞的先锋姿态。《有关大雁塔》完成了历史使命，韩东比当代先锋诗人更早意识到诗的独立性和自足性，诗不针对什么，也不反对什么。他的《奇迹》系列和21世纪以来的写作，代表着他的个人写作史的另一个高度：一种初见端倪的超越性诗学，显身于具体的文本。废话诗对标“意义写作”，作为一个个人性空间的清澈声音，拒绝“意义”的脏水时也将“孩子”一起倒了出去——即是说，它重于姿态而忽略生命深层的流水声，不免陷入语言能指崇拜，成为一种新的形式主义，但即便如此，在当代诗的语言道路仍然弥漫意义的迷雾之时，它依然有着存在价值，冷冽风声足以使写作生态始终保持空气的清新，人们不会因为古米廖夫之谓“死词语的腐臭”而掩鼻而行。“下半身”写作的存在解放了词语的身体，诗人有了裸呈自身的勇气，语言的神经恢复了痛感。张执浩的《与父亲同眠》确立了一种诗人自称为“轻言细语”的诗歌发声学，昭示一种谦逊的语言态度，一种真诚的诗歌的自由表白或亲切的日常对话。当代学院派诗人沉迷于元诗写作，多从词语本义的解构中去寻找词语的缝隙，获取诗意的泉源，或者通过个人化的诗学定义，将语言和存在一并纳入诗的言说，只要不执于一端，在语言和存在两个维度展开，语言之思同样会为语言空间的拓展贡献巨大的能量，在顿悟式的东方美学传统中拓开一个崭新的空间。因此，元诗写作或口语写作，“语言”或“词”，并不是对立的或可以在对立中达成“统一”。韩东是口语写作的代表诗人，但他的《圆玉》或许是为词语的显身或诗歌发生学，提供了一种更为恰切的象征：“熄灯以后，黑暗降临 / 稳定之后，有一点光亮 / 隐约的，让我惊奇 / 这绿光我从未见过 / 然后，我的手摸到了一块圆玉 / 连着它的线绳绕着我的手指 / 无法追忆为谁所赠 / 后来想起来了 / 这收敛的光依然陌生 / 不照亮周围的任何物体 / 幽冥犹如盲人眼里的光明”，圆玉的绿光只有在黑暗中才能显现，前提是在习惯黑暗以后，一个陡然进入黑暗的人看见的是一片漆黑。词语的发生学当然与光学原理无关，而与生命经验有关，它的被忽视或遗忘就像无数过往的友人之一，在无意中再次被发现，不是发现一个新事物，而是发现一个处于“遮蔽状态”的词语。圆玉的绿光和盲人眼里的幽光之间，类比带来的诗意指向某种生命的况味，幽冥是美学上的，苍凉则是属于语言学的。

中国的先锋文学运动以丧失传统为代价，并没有将火力集中在伪象征主义上，而是将革命浪漫主义的崇高美学和朦胧诗的英雄主义宏大抒情作为反驳的对象，以传统文化本身作为写作素材的所谓寻根写作，自然也成为先锋诗人们反讽的对象。相反西方现代主义诗歌的影响却没有得到清理，反而在当代诗的写作中影响深远，影响之拙劣源于对现代主义大师们的经典囫囵吞枣，而对其词语的基因并不十分了然，翻译体的写作者们成为新的令人厌倦的“带来词的人”。立法属性的诗学，论述性的诗歌，盛行于当下。当然“民间写作”或口语诗的兴起，面向个人和日常，在一定程度上成为当代诗的主流，以口语为策略有效地破除了既成意义的羁绊并出现了解构主义的向度，这标志着当代诗在语言观念上的巨大变化。周亚平在整体性写作的维度上开辟了一条反讽式口语路径，他的《表达》可称之为一种另类的元诗：“为什么选择了诗 / 作为我的表达？ / 却没有选择当一名医生 / 或者去学习理发 // 我原以为诗能拉动身体 / 头脑紧握着像一粒子弹”。诗的无用性被诗人无情地自我嘲讽，当然炮火所向是当下的实用主义和功利主义。《牛耕田马种地除去辛劳也能仰望天空》对“卸磨杀驴”一词进行了有趣的解构：“蠢驴 / 主要表现在 / 政治上。/ 莫怨卸磨杀驴 / 四脚的畜生很多 / 没有谁像你 / 如此喜欢 / 瞎掺和”。它建立在一种强大的现实感之上，且将反讽寓于一种对话性结构之中。周亚平的写作有着浓厚的元诗意识，但他和学院派的元诗写作并不在一条路径上，他的着力点在解构，口语化，将意象转化为描述性语言形式，整体性的观照和个人化的表达结合，独树一帜。

当代诗的写作，尽管出现了一批语言意识自觉而成熟的诗人，但远没有到达让我们可以燃放礼花的时刻。语言观念的解放迎来了敲锣打鼓、鲜花摇摆的盛况，这不过是一种虚假的繁荣，欢呼往往淹没了词语细微的声音。这正如农村改天换地的建设，水泥罗马柱、花瓶栏杆、树脂瓦，或青瓦白墙和雕塑铁艺混搭，各种建筑语言的形式背后是一种半生不熟的东西方文化符号的混合，充满了美学上的表达欲望和经济上的左支右绌，现代文明的崛起还没有迎来真正成熟的语言形式的对称出现。

诗人是文明的建设者和属于文明的，以语言学的眼光去打量现代性而不是以经济学、政治学或者历史学。诗歌的经济学强调的是语言的效率和速度，如果说诗歌也有其政治学，那它是一种超越现实政治的更为远大的政治，如某个寺院的菩萨貌似罔顾下面的跪拜者而将目光投向更为深邃的视野。诗歌的历史学不是历史事实的编年叙事，而是一种关于从未出现的词语发生的叙事，事关一种语言的起源，如新生命的诞生，所有关于词语的历史事实已经转化犹如家族的基因在血液里遗传，当然也会在相貌、神态甚至嗓音上遗传。当代诗人建立起来的现代性诗歌美学，即审美现代性，对现代性的反思确立了个人化的“否定性范畴”（胡戈·弗里德里希）和主体意识，它们确保了一个安静的语言空间，就像一间禁止闲杂人等进入的产房，从而使得词语的胎动、临产的间歇式疼痛以及那一声响亮的啼哭以个人化的形式表现得异常明晰。诚然，一个伟大的诗人不能止步于此，其既是生产者，又是助产士，还要从那一声“啼哭”中辨认词语的血缘——仿佛它带着祖父在檐廊下一声咳嗽的嗓音特征。

词语的语音属性和召唤功能使它在时间维度上拥有了飞翔的能力，这一能力在浪漫主义的先知式抒情和现代主义大师的诗歌中被过度运用，词语不是被“过去、现在和未来”撑满了就是腾空而起，现代性诗歌美学在反思社会现代性的同时，也对词语自身的飞行轨迹不断纠偏。立足当下、日常，放弃诗人的代言角色——无论代言上帝或公民，以对词语的身体性的体认，实现艺术上的自觉，语言的能指从所指得到解放，或许在解放的庆祝队伍中又出现了新的能指崇拜，诗的极端个人化在某种程度上也走向非诗化、口水化的庸俗，但是这不妨碍现代性诗歌美学的不断嬗变。一个伟大的诗人必然听命于语言，也让词语具备自我扩张的力量，换句话说，诗人的强大精神力量赋能于词语，从而使词语的自由飞翔，有着更为宽广而合法的空间。布罗茨基这样评价曼德尔施塔姆："永远立足当下——立足于瞬间，并使瞬间继续下去、逗留下去。超越其自然的极限。过去，无论是个人的还是历史的过去，则都已经得到词语本身的词源学的小心照料。但不管他对时间的处理多么不像普鲁斯特，他的诗歌的密度倒是有点像那个伟大的法国人的散文。"对于曼德尔施塔姆来说，词语的沉重和轻柔是共生的，就像一对姐妹，就像"沉甸甸的蜂巢"和"轻柔的蛛网"（《沉重和轻柔，一对姐妹》）。意象主义诗歌在偏离意象派的初衷后，无不让词语不胜其重，不是在一个"蜂巢"上生长，而是塞满一个几乎撑破了的袋子，连头脑清晰的庞德也不能"免俗"，《比萨诗章》充满动脉栓塞的词语堆积，是意义的织锦——看似华丽恢宏，却是世界诗歌知识批发市场的二手货，不是清新的粗布——带着语言的织机上梭子来回撞击的铿锵声。

随着中国当代诗背后语言观念的不断成熟，意象化表达被更为舒展的、口语的"表述系统"取代，诗歌因此获得了更为广阔的语言机遇，语言形式的生成机制，也在根本上开始吸收古典主义的营养，甚至在语言取景框的背后有了古典世界观的自觉，词语的召唤能力得以激活，并在语言行动上有了巫师招魂般的力量。这一类杰出的作品如于坚的《拉拉》《爵士乐》《在布里斯班》等，语言的共时性维度开启，使得诗歌有了一个主体落成的穹顶，在那里，词语的声音引来回声，有一种奇妙的共鸣。

五

在长沙城北发现"桃李春风"那一天，我意识到清一色现代主义的立体几何风格建筑群里，出现了一种古典风格的现代表达。青瓦白墙，茂林修竹，一块青石和一丛蓝天竹的匹配，一株芭蕉和翘檐的相宜，这场伟大的造城运动终于开始运用自己本民族的美学，而不再是令人不明就里、摸不着头脑的"托斯卡拉""奥特莱斯""上河国际"等等国际化的命名。"桃李春风"的规划师从市场敏锐捕捉到了当代中国人审美心理的变化，诗人理应比他们走得更远，学院的诗歌批评也许由于各种原因会相对滞后，他们或许在相当长一段时间会仍然沿袭西方的哲学、语言学和诗学的阐释机制，建立意义模型，开展形而上学的工作，将诗歌的砖石发展成为意义的大厦，就像那些既不像哥特式风格也不像巴洛克风格的中国大地上的"欧洲小镇"。

当代诗的"国际主义"倾向一点不亚于房地产的庸俗美学，语言的"贪大求洋"和命名的文化畸形，有着根深蒂固的伪形而上学恋尸癖，"国际主义"命名不是真正的"对世界文化的眷恋"，而是一种缺乏文化自信的表现和一种不诚实的态度、一种浮夸的风尚。这一风气曾经在诗坛盛行，但在它被打扫的同时，常常有走向另一个极端，标榜“无意义”的形式主义的写作。诗歌的“桃李春风”之前，有一种荒野上的呼喊。“汉字我一个也没有救活，/它们空荡荡，/空荡荡浩浩荡荡。/我写下的汉字全是遗物/，如同枯干的老人斑，/如同身首异处的人犯。/我是自己的遗物/，如一粒扣子，/是一件军大衣的遗物。/我告别，/以一双盲人眼，/看着残缺不全的长江水。”（《长江水》）这是诗人杨键作为一个古典文明守护者哀叹的声音，在杨键的世界观中，汉字如同生命，如同老庄孔孟那些圣贤的象征，他看到曾经和古典文明相伴共生的长江水空荡荡也浩浩荡荡，被掏空但也仍有着浩荡之气。他的孤绝是一种姿态，带来诗歌的“桃李春风”的苏醒。当我们看到雨水从檐口落下生成屋檐水的链子，“屋檐水”这个词活过来了，而不是在火柴盒式的现代建筑上彻底丧失它的美学形态。

西方浪漫主义诗歌和现代主义的大师们的经典喂养了汉语新诗，当新诗从古典诗“断奶”，历经百年，当代的诗人们有了一只杂食的胃，但它的消化功能有待于持续加强。西方文化有它的先进性，对我们来说是一个他者，没有他者的映照，我们在汉语的丛林里，同样难以看清楚自身。文化的存在犹如人的存在，只是它是一种集合形式，因而更为复杂。也许只有在中西文化激烈对撞，而不是在蜜月期的时候，我们才能看清它的血性、本质和背景，犹如丛林里一只猛虎，有“老虎的金黄”，也张开血盆大口。曼德尔施塔姆说：“唯独语言本身可以用作某一个特定民族文学之统一性的标准，用作该民族有条件的统一性的标准，其他标准都是次要的、短暂的和任意的。虽然一种不断处于变化中的语言绝不会在一个特定的模子里冻结哪怕一刻，它不断从一个点移向另一个点，这些点在语文学家的脑中是清晰得令人目眩的，但是，在它自己变化的范围内，任何语言仍然是一个固定的量，一种‘亘定’，其内部是统一的。每个语文学家都明白在涉及一种语言的自我意识时个人身份认同的意义。”就像《伊戈尔远征记》永远会在俄罗斯的大地获得回声，或者像哈罗德·布罗姆一再指出的，作为美国文学源头的作家和诗人，他们是惠特曼、狄金森、爱默生和马克·吐温等等，而菲利普·拉金也从来不把艾略特看成英国诗人，他宣称要接续的是华兹华斯、雪莱和哈代的英国诗歌传统，即便他们都处身于英语文学的大传统中。《诗经》《离骚》《论语》，陶渊明、李白、杜甫、苏东坡等伟大先贤，如果不能成为我们的源头，如果不让词语的基因一直流淌在语言的血脉中，如果我们这一代诗人不能建设一座语言的穹顶让传统沉寂已久的声音产生回响，那么到了某个危急时刻我们势必语无伦次，而真正伟大的诗，正是紧要关头的语言。

当代诗的写作不断成熟的标志，是一种语言意识的觉醒，一种文化身份认同的自觉，古典世界观的深邃视野使得当下具备了更为清晰的景深，词语也得到词源学的悉心照料——不是文化寻根的指认式的命名，而是从血缘里倾听得来。《莫斯科札记》正如韩东所说，是诗人于坚送给当代的礼物。我们期待的语言穹顶经过于坚的艰辛劳动落成了。也许一些读者仍然把它当作一部旅行记看待，只不过是分行的莫斯科游记，我们不能从这个语言的穹顶里分辨它聚集的各种声音的明晰性，就不能真正进入它的语言结构。“莫斯科”作为帝国首都、地缘政治的符号和地理学意义上的词，被清空了，被诗人的生命感知力强力介入而替换了它的梁柱。它是一个意象，但是这个意象是在诗人的生命经验、日常感受和历史认知中重新生成的，并且演化成一个巨大的词语的“文字表述系统”，语言的链条是内生的而不是外加的，是以日常经验和文学、历史和现实的直觉铸成，而非一种百度百科式的写作或形而上的抒情。“莫斯科”这个词语由一种古典世界观擦亮，从而重新生成它的语言磁场，其聚集和召唤，符合语言学而不是语义学。它是诗人站在民族命运的飞行高度体察机翼下的大地上的历史和现实、传统和当下，其姿态是俯首向下的，是专注于对形而下的“小”的“倾听与观看”，是“莫斯科”这个词语衍生的和它的语言磁场召唤和聚集的，它生成的是一个巨大的词语系统，是一捆而不是一只，是一个巨大的生物机体，生长意义而不是承载意义。我们也不难发现，它的生长方式是古典主义的情景交融式的，而不是现代主义的意象跳跃式的，或者说是一种融合各种主义而自成一格的集大成写作。

“语言而不是词”，“语言”和“词”的对立，在一种内在的血缘中，迟早会消除嫌隙。词是一首诗的发轫，当它进入一种崭新的诗学视野，词不再是某个事物的指称，不再被它的本义和隐义奴役，而是由一种生命感知力的介入而成为一种全新的“语言”，或者说“源始语言”，不论是以形象诉诸视觉，还是以声音诉诸听觉。曼德尔施塔姆的词语诗学，可望纠正我们对词语的意义费力劳心的劳作，明察意义链条上词生词的次生危害。这正是特朗斯特罗姆厌倦的。把词语看成一个意象，一个文字表述系统，它的微言大义还有另一种表述：“写点无意象的诗，如果你能，以及如果你知道怎么写的话。一个盲人用他那看得见的手指仅仅触摸一下便可认出恋人的脸；欣喜的泪在长久分离后会一下子涌出他的双眼，那是认出恋人后的真正的喜悦。是内在的意象赋予诗以生命。那内在的意象是鸣响的形式的模型，预示着最终写出的诗行。没有一个字出现，但诗已经发出鸣响。鸣响的是内在的意象，触摸到的是它的诗人的听觉。”

2021 年 4 月 30 日于长沙

2022 年 5 月 16 日修改

图书在版编目（CIP）数据

汉诗 ：风吹在我们身上是有形状的 / 张执浩主编
. -- 武汉 ：长江文艺出版社，2022.10
ISBN 978-7-5702-2914-7

Ⅰ. ①汉… Ⅱ. ①张… Ⅲ. ①诗集－中国－当代
Ⅳ. ①I227

中国版本图书馆 CIP 数据核字(2022)第 165434 号

汉诗：风吹在我们身上是有形状的
HANSHI: FENG CHUIZAI WOMEN SHENSHANG SHI YOU XINGZHUANGDE

责任编辑：胡 璇　　　　责任校对：毛季慧
封面设计：祁泽娟　　　　责任印制：邱 莉　王光兴

出版：长江出版传媒 | 长江文艺出版社
地址：武汉市雄楚大街 268 号　　　邮编：430070
发行：长江文艺出版社
http://www.cjlap.com
印刷：武汉东赛印务有限公司

开本：720 毫米×1020 毫米　1/16　　印张：15.25
版次：2022 年 10 月第 1 版　　　2022 年 10 月第 1 次印刷
行数：7859 行

定价：36.00 元